Lyrik und Prosa unserer Zeit

Neue Folge · Band 37 (Alte Folge · Band 52)

Herausgegeben
und zusammengestellt von
Monique Römgens

Karin Fischer Verlag · Aachen

In Gedenken an unsere Autorin
Alma Laura Consolata

HORST APEL

Beschwörung später Leidenschaft

Noch einmal hinter schmaler Hand
ist die Leidenschaft erwacht,
hat jugendlich zwischen alte Falten gelacht
und hat sich nicht geschert
an Minutenglas und schattig Zeichen
unterdrückter Angst von Gestern und vor Morgen.

Aufgeschnürt die eingeschlagenen Gefühle,
treppauf, treppab des Stiftes schneller Lauf,
kurz verrammelt die Verschläge und frech
geschlüpft zwischen trägerloses Garn.
Wie hingeweht das weite Land,
das eben noch unter erblindend Seide lag.

Ein Farbklecks formt sich
zum betrachtet Tale.
Noch nie klang so das silbrig Gras.
Notiert lag früh schon,
was aus Schlafes Stätte.
Längst hatten Augen Blicke
in des Abspanns Trocknung sich verloren,
als aus letzten Wortes Schleier
ein fernes Suchgebrabbel klang.

Denn die Hütte ist hin

Und dann hast du endlich
das alte Foto gefunden,
acht mal acht und schwarz-weiß,
und du denkst an den Ort,
wo die alte Schule stand
und daneben das dazugehörige Lehrerhaus.
Die Erinnerung wandert
von Fensterbank zu Fensterbank,
auf denen morgens
wie gemahlener Pfeffer
schwarz der Hüttendreck lag,
und hinter denen oft asthmaröchelnd
die Wolken von Kokerei und Abstichen
gehasst.

Du führst das Foto dir vor die Augen
und bist schon mittendrin
zwischen Neudorf und Altdorf.
Die Grenze gibt es schon lange nicht mehr,
wie auch den Fotoort.

Nicht ganz ohne Vorsatz,
ehe die Erinnerung geht verloren:
Ich schreibe es auf von damals;
denn die Hütte ist hin.

Der Regen

Man hat sein Fehlen oft beklagt.
Jetzt ist er da und will nicht gehen.
Früher kam noch Schnee herunter
als Zeichen kalter Winterzeit.
Nun flutet es allerorten und gefährdet Heim und Haus.
Manch bange Hoffnung wird begleitet
von Angst, von Verlust.
Wie wird es weitergehen mit einem Winter,
der nur nass und grau?
Wo gestern noch Waldes Tannen
kalte Nebel atmen konnten
und Raureif ihre Spitzen weißte,
wo in Bächen Eis und Schnee
sich zu wandernden Inseln verbanden,
wo Meisen, Spatzen, Amseln
an geschützten Futterhäuschen um jedes Korn,
jeden Fettknödelsplitter sich heftig stritten.
Vorbei diese – Kindheit prägende –
frostig schneereiche Jahreszeit?
Wie wird sie sich wohl ferner melden,
überrascht sie mit ungeahnten Wirklichkeiten,
und der Winter wird zum Märchen
von Besinnlichkeiten, schlichter Freude an Schneeflocken
und flackernd Kerzenlicht?
Wer weiß das schon,
doch es lösen Bild, Text, Musik und
menschlich liebend Gebaren auch weiter
herzliche Gefühle und Erinnerungen
zur Wintersonnenwende aus.

Der Rindertalg

Das Land meiner Erinnerung
mündet ein in das Reich von Bildern,
die mir vorgaukeln,
was mir vergessen schien:
das Erleben von Hunger,
von Armut, von verneinenden Gebärden.
Doch sie fallen nicht von mir,
die Bilder von weither:
Da sind Kartoffelscheiben,
in siedend heißem Rindertalg gebraten,
die schnell gegessen werden mussten.
Doch letztlich klebten oft
harte, feste Reste zwischen Mäusebackenzähnen.
Es schüttelt mich dieses Armutsgeschenk,
dieses Geschmackserlebnis,
das immer wieder kommt
bei delikatem Bratkartoffelmahl,
als sei es gerade erst gewesen.
Es bleibt mir nicht mehr so viel Zeit,
zu erzählen, wie es gestern war,
was verloren geht.
Dieses Gestern, dieses Heute
sind mir wie Brüder in der letzten Zeit,
wo Armut einen neuen Text erhält.
Was ich so träumte, was ich so wünschte,
was ich so litt, was mich so freute,
es nimmt mich mit in eine Zeit,
die verdrängt mir verloren schien.

Die Fünfpfennigwährung

Als wäre es gestern erst gewesen,
dass aus der Dunkelheit
die Dämmerung alter Erinnerungen fällt,
weil ich beim Aufräumen
eine Fünfpfennigmünze gefunden habe.
War sie verloren,
war sie vergessen,
war sie in ihrer Zeit doch so viel wert,
wenn zwanzig Pfennig Taschengeld,
eingeteilt in Fünfpfennigstücke,
feste Kindheitswährung war
für genau überlegte Kioskbesuche.
Mit dem Bruder abgesprochen,
einigten wir uns vorausschauend teilungsbereit,
wer was in festgelegter Fünfpfennigwährung
zu kaufen hatte:
Lakritzschnecke, Prickel-Pitt-Tabletten in Papier,
Brausepulver in kleiner Tüte,
das auf der Zunge schäumte
und dann die Riesenhimbeerdrops.
Ganz selten Sahnebonbons im Riegel;
denn sie sprengten den besprochenen
Finanzierungsrahmen.
Alles hielt nicht lange vor,
und so blieben wunde Zungen
und manch verquaster schräger Bauch zurück.

FRED BANNWARTH

Warum weint die holde Gärtnersfrau?

Warum weint die holde Gärtnersfrau?
Weil die Haare werden grau,
und sie hat jetzt Falten im Gesicht.
Nein, ach nein, darüber weint sie nicht.

Warum weint die holde Gärtnersfrau?
Weint sie, weil sie nicht besonders schlau,
weil an solidem Wissen es gebricht.
Nein, ach nein, darüber weint sie nicht.

Warum weint die holde Gärtnersfrau?
Weil sie wohnt in einem alten Bau
und eine neue Wohnung nicht in Sicht.
Nein, ach nein, darüber weint sie nicht.

Warum weint die holde Gärtnersfrau?
Weil ihr Alltag ist nur grau in grau
und eine Änderung ist nicht in Sicht.
Nein, ach nein, darüber weint sie nicht.

Warum weint die holde Gärtnersfrau?
Weil ihre Gesundheit ist besonders mau.
Weil sie Rheuma hat und auch die Gicht.
Nein, ach nein, darüber weint sie nicht.

Warum weint die holde Gärtnersfrau?
Weil immer dicker wird ihr Körperbau
und sie ständig zunimmt an Gewicht.
Nein, ach nein, darüber weint sie nicht.

Warum weint die holde Gärtnersfrau?
Weil ihr Mann ist meistens blau,
er keine Arbeit kennt und keine Pflicht.
Nein, ach nein, darüber weint sie nicht.

Warum weint die holde Gärtnersfrau?
Das weiß sie selber nicht immer genau.
Ich hab mich umgehört im Land,
warum sie weint, ist mir bekannt.

Warum weint die holde Gärtnersfrau?
Von Gruppensex ist ihr im Magen flau,
und die Verwandtschaft sagt, sie wär ne Sau.
Deshalb weint die holde Gärtnersfrau.

Amerika first

Die ganze Welt war gleich empört,
als sie diesen Satz gehört,
den Herr Trump hat losgelassen.
Alle konnten es nicht fassen,
dass so ein reicher Kapitalist
so hart zu anderen Staaten ist.

Auch hier bei uns war man empört,
als man diesen Spruch gehört,
hat gleich dagegen sich verwarnt
und nicht mit Kritik gespart.
Dabei hat man ganz vergessen,
welche Hymne wir besessen.

Wie hat es früher denn geklungen,
wenn wir haben laut gelungen
stets im Falle eines Falles:
»Deutschland, Deutschland über alles«?
Das haben wir uns abgewöhnt,
dieser Text ist sehr verpönt.

Die Melodie, die ist geblieben,
der Text, der wurde umgeschrieben,
den man jahrelang schon singt,
weil es in die Herzen dringt,
es wird geachtet weit und breit,
denn er passt in unsere Zeit.

Pech gehabt

Der kleine Klaus besucht die Tante,
sie ist die einzige Verwandte.

Er will es nicht mit ihr verderben,
denn er wird sie einst beerben.

Wenn Klaus die Tante tut besuchen,
gibt es stets Kakao und guten Kuchen.

Klaus tut sich an beidem laben
und tut zur Tanten sagen:
»Liebe Tante, kannst du eben
mir von dir ein Foto geben?«

Die Tante kramt im ganzen Haus,
sucht für Klaus ein Foto raus.
Tante Hedwig ist gerührt,
weil sie etwas Liebe spürt.

Das ändert sich, als sie ihn fragt:
»Wozu das Foto?«, und Klaus sagt:
»Für mich ist das Foto nicht.
Ich brauch es für den Unterricht.
Man soll ein Bild vor allen Dingen
von einer Naturkatastrophe bringen.«

Die Tante hat, das sollt ihr wissen,
den Klaus hochkantig rausgeschmissen.

Er tat es sich mit ihr verderben,
jetzt wird sie ihn auch noch enterben.

Zu enge Kleider

Keiner kennt sie, die Dämonen,
die bei Tag im Walde wohnen,
nachts bei Armen und bei Reichen
sich heimlich in die Wohnung schleichen.

Sie kommen niemals, um zu klauen,
gehen in die Schränke von den Frauen,
wo sie, es ist nicht zum Lachen,
die Klamotten enger machen.

Was sie tun mit ihren Tatzen,
lässt manche Frau vor Wut fast platzen,
manchmal auch die Tränen fließen,
tut der Hosenbund nicht schließen.
Ist ganz klar, dass man es hasst,
wenn das Kleidungsstück nicht passt.

Doch die Vernunft, die sollte siegen,
am Essen kann es ja nicht liegen,
und es liegt auch sicher nicht
an dem eigenen Gewicht.

Am Ärger und der Ungeduld
sind nur die scheiß Dämonen schuld.

Zu spät

Der Patient im Krankenhaus
hält es vor Schmerzen nicht mehr aus,
und er drückt den Notknopf prompt,
aber leider niemand kommt.

Die Schmerzen werden immer schlimmer,
das Geschrei erfüllt das ganze Zimmer.
Doch das Rufen nutzt ihm nicht,
Hilfe ist ja nicht in Sicht.

Der Patient schreit sich heiser,
die Stimme wird jetzt immer leiser.

Dann, nach circa einer Stunde,
endlich kommt die frohe Kunde:
Die Retter kommen gleich zu dritt
und bringen auch den Doktor mit.

Er will beenden alle Not,
doch zu spät, der Patient ist tot!

Drück ich Alarm, dann wird's mir bang,
die Hilfe dauert viel zu lang.
Ich liege da in meiner Qual,
denn überall fehlt Personal.

Besser ist's in anderen Ländern,
wird man das bei uns auch ändern?

Schon jahrelang wird diskutiert,
bisher ist aber nichts passiert.

Und ich denke leider,
man macht so wie bisher weiter.

Kegeln

Kegeln, einst den Männern vorbehalten,
es trafen sich die Jungen und die Alten.
Alle eng befreundet und stets per Du,
beim Kegelabend ging's feuchtfröhlich zu.

Man konnte lästern auf die Frauen
und brauchte nicht verschämt zu schauen,
kamen böse Witze auf den Tisch.
Man war ja schließlich unter sich.

Tat eine Neune man erleben,
musste man eine Runde geben.
Hat man ziemlich oft getroffen,
waren manche auch schnell besoffen.

Geändert haben sich die Zeiten,
das ist gar nicht zu bestreiten,
und geändert hat sich auch der Brauch,
denn die Frauen kegeln auch.

Und es ist richtig, wie ich meine,
sie haben eigene Vereine.
Geschlechtertrennung ist nicht Pflicht,
Kegelclubs gibt's auch gemischt.

Schlankheitswahn

Illustrierte können voll vertrauen
auf den Schlankheitskult der Frauen,
den sie kräftig unterstützen,
was sehr gut tut dem Umsatz nützen.

Verlage gibt es dutzendweise,
die wöchentlich zu gutem Preise
mit Illus, stets in bunten Hüllen,
riesige Regale füllen.

Für Frauen ist es eine Qual
zu treffen eine gute Wahl,
man will sich richtig informieren,
beim Kaffeekränzchen nicht blamieren.

Es ist fast zum Haareraufen,
man muss immer mehrere kaufen,
nur so ist richtig man betreut,
was auch die Verlage freut.

Ob die Röcke werden enger
oder die Kleider werden länger
und wie wird bald die Frisur,
das steht in der Illu nur.

Wie tief die Männer bei den Frauen
können in den Ausschnitt schauen,
ist in der Illu auch zu lesen.
Das ist schon immer so gewesen.

Das Eis

Eis gibt es an vielen Orten,
immer wieder neue Sorten.

Eis essen nicht nur Damen gern,
ganz bestimmt auch alle Herrn.

Und wie sicher jeder weiß,
sind Kinder ganz verrückt auf Eis.

Wenn die Sonn' am Himmel brennt,
schnell zum Eissalon man rennt,
denn hat man genug vom Schwitzen,
kann man da im Kühlen sitzen.

Herrlich ist's, wenn dann und wann
man eine Eisbombe bestellen kann.

Die Eisrevue lässt keinen kalt,
es erfreut sie Jung und Alt.

Eishockey kann man auch spielen,
um viele Tore zu erzielen.

Eis ist beliebt, so ist die Kunde,
Eis ist auch in aller Munde.

Man kann sich an der Eiscreme laben,
doch die Eiszeit will keiner haben.

Der Wecker

Der Wecker läutet, was uns meist
brutal aus schönen Träumen reißt,
und mancher schmiss, wie wohl bekannt,
vor Wut den Wecker an die Wand.

Das ist unfair, denn er schellt
ja nur so, wie er eingestellt.
Wenn er uns bringt aus unserer Ruh,
was kann der Wecker denn dazu.

Früher war die Nacht vorbei
mit dem ersten Hahnenschrei,
doch wie kam man von der Matte,
wo man keine Hähne hatte?

Ist egal, in unserer Zeit
ist stets der Wecker dienstbereit.
Ein Wecker ist in jedem Haus,
man kommt nicht ohne Wecker aus.

Er sorgt dafür, dass ohne Hatz
wir pünktlich sind am Arbeitsplatz.
Und dass wir mit finsterer Miene
nicht versäumen die Termine.

Der Wecker ist sehr unbeliebt,
doch gut, dass es den Wecker gibt.

Ich über mich

Ich bin zäh wie eine Katze,
auch mit 92 hab ich keine Glatze,
kann meine eigenen Haare raufen
und sehr gut mit Rollator laufen.

Leider kann ich nicht gut sehen,
doch egal, es wird schon gehen,
beginne jeden Tag mit frohem Mut,
im Prinzip geht es mir gut.

Und das nur, weil immer kamen
Rittmeiers nette Betreuungsdamen.
Was mich immer sehr erfreute,
weil man mich erstklassig betreute.

Und ich wäre sehr erfreut,
wenn man mich weiterhin betreut.
Dann wäre ich auch nicht verwundert,
wenn ich werde auch noch 100.

Fit, beweglich, gertenschlank,
meine Damen, besten Dank!

SIEGFRIED BAUDACH

bei dir will ich sein

wenn tags in deinem ort
die sonne scheint
wenn ein kind des nachts
nicht schläft und weint
bei dir will ich sein
wenn der morgen
mit frohsinn dich weckt
die traurigkeit abends
ihre hände ausstreckt
bei dir will ich sein
wenn am spielplatz die kinder
beim schaukeln sich freuen
du allein bist auf einer bank
im park und die bäume
ihre samen ausstreuen
bei dir will ich sein
wenn uns beide das vergessen
wird trennen und einen
uns bringt die wärme
gegen die kälte beim reimen

das letzte

wer lyrik schreibt, hat kein geheimnis
die leute sehen ihm glatt durchs hemd
drum verrat ich euch das letzte
im krankenhaus war ich nicht fremd

da lag ich mal mit einem schlimmen bein
über wochen ausgestreckt im bett
es pflegte liebevoll mich eine schwester
denkt euch, sie war außerordentlich nett

nachts nahm sie mich mit aufs zimmer,
wir hatten da zusammen eine gute zeit
ich war am morgen wieder dann am platze
las vor aus der zeitung, so wussten alle bescheid

im nahen osten war noch krieg,
in kanada brannte wieder mal der wald
das wetter schien sich wohl zu bessern
es war aber immer noch sehr kalt

die schere zwischen arm und reich

wenn ich mir die leute so anseh
unter dem flohmarkt, die vielen
da sind mehr händler als besucher
alles arme leute
was sie so haben, weggeben wollen
ist trödel, entbehrlich
sachen von gestern und heute
alle zusammen sind eine schicht
die untere klasse
hier sind keine medien
lohnt kein bericht in der zeitung
insolvenz, nur masse
das will man nicht werten
puppengeschirr, teekanne
vielleicht antik, messing
wer braucht das schon
aus kupfer, zerbeult eine wanne
auch bücher, die ich da habe
nichts sind sie wert
zu viele gibt es am markt
ach, denk ich, pack wieder ein
außer euch kommt keiner mehr her

vielleicht II

vielleicht ist die stunde der erde gekommen
sind wir zeugen des allgemeinen verschwindens
von käfern und larven, den vögeln
vielleicht ist unsere gier, alles zu wollen und haben
das letzte kapitel der bewegten geschichte
von geist, intelligenz und auch dummheit

vielleicht fällt uns auch nichts mehr ein
zu uns're wut des zerstörens, den verlusten
und der respektlosigkeit, dem vergehen
von natürlicher schönheit in der natur
und unserem menschsein

vielleicht sind unsere gesten
die wir einander senden schon lange durchschaubar
und verlässlichkeit nicht mehr teil unseres wesens
wo wir doch auf die zufälle hoffen
auf das, was wir glück nennen
dabei ist doch auch unser leben von beginn an
dem zufall geschuldet, weil es doch in mehrfacher weise
gewendet sein könnte – so wie das universum
doch auch dem zufall geschuldet
und das kleinste ding, das samenkorn
vom winde zerstreut wieder eine sandige krume findet
sich an ihr hält und eine schöne, prunkvolle blume wird

vielleicht ist unser älterwerden, wo stunden
zu anhaltenden jahren werden, ähnlich
einem späten sommer, der jetzt länger währt
weil wir die folgen nur ahnten oder in kauf nahmen
als risiko unseres lebens
dabei ist unser wissen, der fortschritt, die erkenntnis
von allem, von beginn der urzeit
doch weit gediehen und schreitet weiter voran
missachten wir nicht schon längst den ruf in der stille
das besinnen, den zustand, den wir frieden nennen
wo der geist zur ruhe kommt und nicht hast und hetze
den tag bestimmen?

wünschen

es war einmal – so fingen märchen an
die zeiten, wo wünschen etwas galt
und jetzt, im raum der stille
wo wir voneinander den atem hören
vom nachbarn wissen, seinen gebeten
viele gesichter gezeichnet sind von der angst
dass die bombe irgendwann fallen könnte
die bombe, die uns alles nimmt
zerstört und tötet
wo, wie in alter zeit, dringend etwas zu wünschen ist
die sehnsucht danach wieder erscheint
damit das mögliche entsetzen der hoffnung weicht
die vernunft siegen möge
auch bei dem, der da verwirrt ist
mit dem roten knopf spielt, drohend der welt
sein volk als geisel nimmt
mit denen, die keinen weg zum frieden wissen
ja, mit ihnen wollen wir wieder wünschen
uns zeit nehmen und finden
was uns sicherheit bringt
uns schlafen lässt
auch wenn einige eiferer fahnen schwenken
und wir in münchen und anderswo
das öffnen der bierfässer bei alledem tolerieren

FRIEDHOLD BAUER

Der Anfang

1

Gott ohne Teufel
Kein Für und Wider
Keine Bewegung
Keine Versuchung von Gut zu Böse
Kein Sündenfall
Keine Vertreibung aus dem Paradies
Keine Geschichte
Kein Ende
Kein Anfang
NICHTS

2

Satan ohne Gott
Keine Menschwerdung
Kein Geist
Keine Veranlassung von Böse zu Gut
Kein Sinn
Kein Verstand
Keine Schöpfung
Kein Anfang
Kein Ende
NICHTS

3

Ohne Gott und Satan

Weder Himmel noch Hölle
Kein Oben
Kein Unten
Weder Raum noch Zeit
URKNALL

Heilige Nächte

Die Jungfrau gebiert ein Kind

Der Vater sein eigener Sohn
In der Krippe im Stall

Die Nacht wird hell

Könige eilen herbei
Aus dem Morgen
Ohne Waffen Gewalt

Die Nacht ist so hell

Auf dem Felde die Hirten
Geblendet vom Licht

Wölfe und Schafe
Eins in der Herde

Der Tag kommt schnell

Visionen

Im fünfzehnten Regierungsjahr der Kaisers Tiberius betrat Jesus Christus in Kapernaum die Erde, um das Gesetz abzuschaffen. Die Hüter und Nutznießer des Gesetzes, Priester und Eigentümer, bangten um ihre Existenz, denn das gemeine Volk folgte ihm, dem lange ersehnten Messias, und nicht mehr dem Gesetz.

Paulus, Sohn des Eigentümers einer Zeltsattlerei, fandete pflichtbewusst nach Gesetzbrechern, schleppte sie, die von der Erscheinung des Messias geblendet waren, gefesselt vor das Jerusalemer Tribunal, tat sich mit blindem Eifer hervor, sie zu geißeln und zu steinigen, bis er vor Damaskus selbst geblendet wurde. Wieder und wieder las er die heiligen Schriften aus der babylonischen Gefangenschaft und erkannte: Der Messias ist in den Träumen schon gegenwärtig. Und Paulus fing an zu träumen.

Auf seinen Missionsreisen schrieb er an die Korinther: *Ich weiß von einem Menschen in Christus, der zum dritten Himmel entrückt wurde; ob er dabei im Leibe gewesen ist, weiß ich nicht, ob außerhalb des Leibes, weiß ich auch nicht.*

Der Koran weiß, dass Jesus nicht gestorben ist. An seiner Stelle wurde ein anderer gekreuzigt.

Es waren ihrer viele unter und an den Kreuzen.

Parusle

Zwei Jahrtausende nach seiner Kreuzigung erschien Jesus in Lateinamerika notleidenden, unterdrückten Völkern, in seiner Hand eine Kalaschnikow. Der Papst verurteilte den Auftritt und exkommunizierte alle Priester, die Jesus bewaffnet hatten. Als hätte Petrus, auf dessen Stuhl der Papst in Rom saß, bei Jesu Gefangennahme nicht sein Schwert erhoben! Als hätte Jesus nicht mit Gewalt die Händler und Geldwechsler aus dem Tempel vertrieben! Als wäre Jesus nicht zwischen Rebellen gekreuzigt worden!

War es nicht hohe Zeit, Jesus so zu sehen, wie ihn einst die Knechte und Mägde erlebt hatten, und nicht wie der Papst, der Jesus in den Kirchen am Kreuz anbeten ließ?

Ewigkeit

Der Himmel ist überall
Gekrümmter Weltraum
Galaxien
Bewegung
Aus Nichts in Nichts
Und so weiter
Schnell wie das Licht
Schneller als das Licht
Und
Und
Und

Welttheater in der Provinz
PROTOKOLL

Vorhang auf
Ein großes Kruzifix auf dem Piedestal
Protest in der Regierungsloge
Paulus tritt auf
Das Kruzifix in seinem Schatten
Zustimmung in der Regierungsloge
Paulus spricht zum Publikum gegen die Regierungsloge

Was ich hinter mir gelassen habe, allen Besitz und seine Freiheiten, die doch nur Zwänge sind, sie haschen danach, diese eitlen Umstürzler, die Macht ergriffen haben wider allen Besitz und seine Freiheiten. Wenn sie könnten, ach, sie würden sich eine Krone aufs Haupt setzen, denn sie lassen keine Wahrheiten gelten als die ihre. Treten sie nicht wie Könige auf und zürnen denen, welche ihnen nicht nachlaufen, an nichts glauben wollen und sie nicht ehren und anbeten. Seht, wie sie sich eingerichtet haben. Der Freuden sind viele, reden sie euch ein, und meinen ihr Wohlergehen und eure Bereitschaft, alles, wie es ist, gut zu finden.

Tumult in der Regierungsloge
Rosa Luxemburg tritt auf
Applaus in der Regierungsloge
Rosa Luxemburg zitiert sich selbst

Ohne allgemeine Wahlen, ungehemmte Presse- und Versammlungsfreiheit, freien Meinungskampf erstirbt das Leben in jeder öffentlichen Institution, wird zum Scheinleben, in der die Bürokratie allein das tätige Element bleibt. Das öffentliche Leben schläft allmählich ein, einige Dutzend Parteiführer von unerschöpflicher Energie und grenzenlosem Idealismus dirigieren und regieren, unter ihnen leitet in Wirklichkeit ein Dutzend hervorragender Köpfe, und eine Elite der Arbeiterschaft wird von Zeit zu Zeit zu Versammlungen aufgeboten, um den Reden der Führer Beifall zu klatschen, vorgelegten Resolutionen einstimmig zuzustimmen, im Grunde also eine Cliquenwirtschaft – eine Diktatur allerdings, aber nicht die Diktatur des Proletariats, sondern die Diktatur einer Handvoll Politiker, das heißt Diktatur im rein bürgerlichen Sinne, im Sinne der Jakobinerherrschaft.

Pfiffe in der Regierungsloge
Zwischenruf:
Freiheit ist immer Freiheit der Andersdenkenden!
Gegenruf:
Nicht für dich, Bourgeois!
Rosa Luxemburg applaudiert
Auftritt Stalin
Applaus in der Regierungsloge
Außer Sicht Rosa Luxemburg
Schüsse im Hintergrund
Stalin im Licht auf dem Piedestal

Stalin ist die Sowjetmacht, Genossen. Stalin ist sein Abbild in den Zeitungen und auf Porträts, Stalin ist überall und niemals ein Einzelner, niemand von euch ist Stalin, nicht einmal ich bin es. Wagt es, mich vom Sockel zu stoßen. Stürzt Denkmäler der Sowjetmacht und ihr stürzt euch selbst.

Zwist in der Regierungsloge
Gegenseitiger Schlagabtausch
Die Regierungsloge verwaist
Stalin allein auf der Szene, mit Eiern beworfen
Stalin feixt

PETER BIQUÉ

Die Weite des Universums

Kleine Jungs schwärmen von Reisen in die Weite des Universums. »Heute«, sagte der achtjährige Bernemann, »möchte ich im Raumschiff durchs Weltall fliegen.«

Es war Samstagmorgen, und Bernemann saß am Küchentisch und hatte einen Riesenhumpen Kakao vor sich stehen. Ich werkelte an der Mikrowelle herum, um uns etwas zum Mittagessen zu zaubern. Marietta war für ein paar Tage zu ihrer Mutter gefahren, die sich wieder einmal mit ihrem Rheuma herumplagte. Das Wetter war absolut unerfreulich. Feiner Nieselregen rieselte schon stundenlang vom Himmel herab.

Deshalb hockte Bernemann in der Küche, schlürfte seinen Kakao und ließ dem Spiel der Fantasie seinen Lauf.

Immer noch besser, dachte ich, als wenn er sich hinter dem Computer verschanzt und sich mit einem dieser schaurigen Daddelspiele beschäftigt hätte.

Wenn ich nur mit der Mikrowelle klargekommen wäre. Küchengeräte sind eine unglaubliche Heimsuchung für einen aufrechten Mann. Marietta sagt immer: Auch wenn du einem Neandertaler einen Schlips umbindest, ihn ans Steuer einer großen Limousine setzt und ihn Mikrowelle und Waschmaschine bedienen lässt, so bleibt er trotzdem ein Neandertaler. Da hat sie wohl sogar recht.

»Was ist es denn, Bernemann«, sagte ich, »was dich so ins Weltall zieht?«

»Och«, piepste der Knirps, »es ist der unbekannte Raum und die endlose Freiheit, das wilde Abenteuer und die Sensation.«

»Das alles«, sagte ich, »habe ich in meiner Kindheit früher

auch vom Wilden Westen gedacht. Ich wollte nicht wahrhaben, dass es den Wilden Westen schon lange nicht mehr gab.«

»Aber das Weltall, das gibt es doch noch, oder?«

»Ja, natürlich. Das Weltall kann niemand wegnehmen. Aber es kann gut sein, dass deine Weltraumträume genauso platzen wie einst meine Träume von Laramie und Dodge City, von Colorado Springs und Sacramento ...«

»Das wäre aber gemein. Du hast doch eben selbst gesagt, dass uns niemand das Weltall wegnehmen kann.«

»Ja, doch, keine Sorge. Ich will dir auch gern deine Träume lassen. Es ist wunderschön, wenn wir träumen können. Aber die Menschen könnten eines Tages auf die Idee kommen, dass es totaler Blödsinn ist, ins Weltall zu fahren, weil wir fürs Leben auf der Erde gemacht sind.«

Er starrte mich an, als hätte ich nicht alle Latten am Zaun. »Glaubst du das wirklich?«

»Ach, manchmal bin ich mir nicht sicher.«

Ich knallte die Tür der Mikrowelle zu und schickte einen abscheulichen Gedanken an die Herstellerfirma.

»Ich fürchte«, sagte ich, »dass die Menschen auch in Zukunft ihr Geld sinnlos im Weltall verjuxen werden und behaupten, es sei im Dienste des Fortschritts und im Interesse von uns allen.«

Jetzt hatte ich den Pizzaservice am Telefon. »Ja, hier ist Andersen. Bist du's, Salvatore? Schick mir doch bitte zweimal Salamipizza mit Doppelkäse und einen großen italienischen Salat.«

»Oh, klasse.« Bernemann strahlte wie die Neonreklame über der Tür eines Juwelierladens in Hongkong.

»Alles klar«, sagte ich. »Das Mittagessen ist gesichert. Wenn Marietta nachher anruft, kann ich ihr berichten, dass es bei uns keinerlei Probleme gibt.«

Bernemann rieb sich die Hände. »Krieg ich noch 'n Kakao?«

»Kommt sofort, der Herr. Kakao ist zum Glück ein Klacks für mich.«

Fischstäbchen im Norden

Es regnete wolkenbruchartig über unserem ostfriesischen Nordseestrand. Mit knapper Not konnten der kleine Kumpel Bernemann und ich in Bullys Imbissladen hineinschlüpfen.

»Na, habt ihr euch vor dem Wetter gerettet?«, tönte Bully, der mit seiner Küchenschürze hinter dem Tresen stand. Außer uns befand sich niemand in dem kleinen Raum. Es gab gerade vier Vierertische, und vor dem Tresen standen vier hohe Hocker. Hinter Bully an der Wand hing breit die Speisekarte mit den nordischen Spezialitäten.

»Wir hätten bitte gern«, sagte ich, »zwei Portionen von deinen hausgemachten Fischstäbchen mit Kartoffelsalat und zwei gelbe Limo.«

Bully stellte uns die Gläser mit Limonade hin und begann hinter seiner Theke herumzuhantieren. Ich hob Bernemann auf einen hohen Hocker und stellte mich neben ihn.

»Sag mal, Bully«, plauderte ich drauflos, »du hast irgendwann erwähnt, dass du früher auf dem Rummelplatz gearbeitet hast. Bevor es dir gelungen ist, diese Imbissbude von der Gemeinde zu pachten.«

»Ach ja, meine Zeit auf dem Rummelplatz.« Bully strich sich über seinen Seemannsbart, der schon ein paar graue Strähnen aufwies. »Ich erzähle das ja normalerweise nicht, aber ihr zwei seid ja fast schon so was wie gute Freunde.«

»Finde ich auch«, sagte ich.

»Und dein Essen ist immer einsame Spitze und total cool«, flötete der achtjährige Junge.

»Also, ich verrate euch jetzt was.« Bully warf einen schnellen Blick auf die köchelnden Fischstäbchen. »Ich hab damals auf dem Rummelplatz in einem Boxerzelt geboxt. Ich hab für meinen Chef die Männer verdroschen, die es gewagt haben, zu mir in den Ring zu steigen. Es gab 500 Mark für den Mann, der eine Runde gegen mich überstanden hat, ohne zu Boden zu gehen.«

»Offenbar warst du ein Klasse-Boxer«, sagte ich. Der Regen prasselte immer heftiger auf das Wellblechdach über uns.

»Ich hatte Talent für diese Sportart«, erklärte Bully, »und ich habe meine Sache gut gemacht. Mein Chef hat gesagt, ich solle pro Woche doch besser zwei oder drei Gegner durchkommen lassen. Sonst kriegen wir keine zahlenden Zuschauer und Interessenten mehr ins Zelt. Deshalb hab ich ab und zu mal einen die Prämie kassieren lassen.«

»Und sonst«, fragte Bernemann mit leuchtenden Augen, »hast du sie alle umgehauen?«

Bully grinste. »Darauf kannst du dich verlassen, mein Junge.«

»Oh Manno«, stammelte der Knirps.

»Jaaa, das war eine tolle Zeit«, bekundete Bully. »Ich musste mich allerdings immer fit halten. Weil aber alle Sportler ein gewisses Grenzdatum haben, betreibe ich heute diese Imbissbude. Das ist ja auch nicht schlecht.«

»Das ist auch nicht schlecht«, bestätigte ich.

»Und im Winter kellnere ich bei meinem Freund Kuddel. Der hat ein Fischrestaurant mit angeschlossenem Tanzklub.«

Er beförderte unsere Fischstäbchen auf zwei Teller und schaufelte Kartoffelsalat dazu. Dann stellte er die Teller vor uns auf den Tresen und legte Besteck und weiße Papierservietten dazu.

»Lasst es euch schmecken, ihr zwei.«

Ich malte mir aus, wie ein jüngerer Bully mit seinen Boxhandschuhen die armen Gegner quer durch den Ring gescheucht und schließlich umgehauen hat. Na ja, es waren ja Freiwillige mit einer soliden Geldgier, und ab und zu hat auch einer die Kohle gewonnen.

Ich nickte Bernemann zu, und wir fielen über unser Menü her. Der Regen prasselte immer noch aufs Dach.

Das Haus des Romantikers

Nun stand ich vor Robert Louis Stevensons Haus in Edinburgh, Heriot Row 17. Es war ein helles Reihenhaus, die großen Backsteine waren ockergelb, die Zwischenräume grau verfugt, die Holztür rotbraun, links ein Messingknauf, und in der ersten Etage gab es drei zierliche Balkone.

Im Alter von sieben Jahren ist der kleine Robert 1857 mit seinen Eltern hier eingezogen. Der Vater baute Leuchttürme. Er hätte es gern gehabt, wenn sein Sprössling in seinen Beruf eingestiegen wäre, aber der Junge war nicht daran interessiert. Robert wandte sich zunächst der Juristerei zu, allerdings ohne innere Überzeugung. Viel lieber befasste er sich mit der Literatur, die ihn bald völlig in ihren Bann schlug. Sein See- und Piratenroman DIE SCHATZINSEL begeistert auch heute noch auf der ganzen Welt.

Ich machte ein paar Fotos von Stevensons Haus. Dann hielt ein Bus am Straßenrand. Der Fremdenführer, der vorn links vom Fahrer saß, sprach in sein Mikrofon und erklärte den Gästen an Bord, dass sie vor Stevensons Haus stünden. Die Leute zückten ihre Kameras und fotografierten durch die Scheibe. Als sich die Lage im Bus wieder normalisiert hatte, trat der Fahrer aufs Gaspedal und fuhr weiter.

Aus dem Haus kam ein mittelgroßer Schotte mit langem braunem Haar und gewelltem Schnurrbart. Er musterte mich von der Seite: »*Good morning, Peter.*«

Ich erschrak, sagte aber: »*Good morning, Mister Stevenson.*« Ich hatte ihn sofort erkannt.

»Eigentlich merkwürdig«, meinte er, »dass die Leute nach so vielen Jahren noch zu meinem Haus pilgern.«

»Sie sind immer noch ein populärer Mann«, sagte ich. »Mit dem Musical über Doktor Jekyll und Mister Hyde sind Sie sogar in die Popkultur eingezogen.«

»Die modernen Medienfüchse schrecken vor nichts zurück«, sagte er. »Alles müssen sie durch die Banalisierungsmangel drehen. Aber eine Figur wie Jekyll und Hyde konnte nur im Klima der Großstadtneurosen entstehen. In London oder Edinburgh. Wenn ich von Anfang an in meinem Haus Vailima auf Samoa gelebt hätte, wäre mir so etwas unter Garantie nicht eingefallen. Ich schippere in Gedanken viel lieber mit dem Jungen Jim Hawkins auf dem Großsegler Hispaniola zur Schatzinsel. Die Romanze des Schicksals – das ist die Art von Literatur, die ich liebe.«

»Aber auf der Hispaniola war auch der fürchterliche Seeräuber Long John Silver.«

Stevenson grinste. »Gefällt dir der Silver etwa nicht?«

»Oh doch, er gefällt mir sehr. Aber ich möchte keine Händel mit ihm haben.«

»Ich auch nicht«, sagte Stevenson und lachte. »Ich auch nicht. Das kannst du mir glauben.«

Ein neuer Bus steuerte den Straßenrand vor dem Haus an. Ich sah, wie Fotoapparate, Smartphones und Kameras in die Höhe gerissen wurden und wollte gerade einen kleinen Scherz über den modernen Tourismus machen. Aber Stevenson war verschwunden. Er war einfach nicht mehr da.

Die gestörte Mittagsruhe

Das Radio quäkte. Es hatte einen lausigen Schepperklang, aber etwas anderes stand mir nicht zur Verfügung, damals, als ich in Jupiters Internat kaserniert war. Dieses Radio hatte die Größe einer Seifendose. Tagsüber konnte man damit gerade einmal drei Sender empfangen, und nach Einbruch der Dunkelheit waren es drei oder vier mehr. Ich hörte den AFN. Stickbuddy Jamboree. Sonst konnte man sich in den Sechzigerjahren sowieso nichts anhören.

Das Mittagessen war vorbei. Meine Kumpels waren unterwegs und nutzten ihre zwei Stunden Freizeit. Entweder waren sie beim Kreidacher Eisenbahntunnel, wo sie (was streng verboten war) ihrer Abenteuerlust frönten, oder sie hockten in den Ria-Stuben herum und tankten Cola oder stopften sich mit Eis voll. Ich war allein auf dem Zimmer geblieben, um meinen Eltern einen Brief zu schreiben, den ich noch am gleichen Tag abschicken wollte. Ich war ein fauler Hund und im Briefeschreiben schon ewig im Verzug. Ich hatte die ersten Sätze notiert und ganz in Gedanken das mickrige Radio eingeschaltet und auf volle Lautstärke aufgedreht. Es plärrte, dass es einen Orang-Utan gegraust hätte. Ich glaube, Dickey Lee sang gerade *»I saw Linda yesterday«*, als die Tür aufflog und der markante Kahlkopf von Jupiter hereinschaute. Jupiter war unser Chef, ein glühender Fanatiker des altpreußischen Tugendkatalogs – Ordnung, Pünktlichkeit, Fleiß, Sauberkeit, Liebe zur Schule und zur lateinischen Sprache und derlei absurde Scheußlichkeiten mehr …

»Was ist denn hier los?«, bellte er mich an. »Andersen, was treibst du hier?«

»Ich schreibe einen Brief nach Hause, Herr Kempen.«

Hinter mir brüllte der American Forces Network Entertainer mit seinem breiten Texasslang in die Schlusscoda des Songs hinein.

»Was ist das für ein fürchterlicher Lärm?«, fauchte Jupiter.

»Mein Radio. Oh ...« Ich hatte nicht bedacht, dass bis drei Uhr strikte Hausruhe zu herrschen hatte. »Entschuldigen Sie bitte ...« Ich wandte mich um und drehte das Radio ab.

»Her mit der Wimmerkiste«, kommandierte der Chef. Ich händigte ihm das Corpus delicti aus. »Das ist bis zu den nächsten Ferien konfisziert«, gab er bekannt. »Außerdem«, fügte er mit wonnigem Lächeln hinzu, »wirst du heute um 20 Uhr im Saal erscheinen und zweimal den ›Wilden Jäger‹ abschreiben. So. Und jetzt kannst du deinen Brief erledigen.«

Mit meinem Transistor in der Hand schob er triumphierend ab und zog die Tür hinter sich zu.

Jupiters Repertoire an Strafarbeiten war pädagogisch nicht besonders wertvoll. Der einzige Sinn bestand darin, uns zu drangsalieren. Ob er mit seinen Strafarbeiten im positiven Sinn erzieherisch auf uns einwirkte oder ob wir daraus etwas lernen konnten, war ihm völlig wurscht. Deshalb durften wir auch immer wieder den »Wilden Jäger« abschreiben. 216 Verse von Gottfried August Bürger. Ein Mitschüler der Obertertia hatte ihn schon 48mal abgeschrieben. Trotzdem war er dieser Dichtung nicht nähergekommen. »Ich hab's immer nur stupide abgepinselt«, sagte mir der Rekordhalter einmal. »Ich hab nicht kapiert, was ich da geschrieben habe. Hauptsache, das Zeug stand auf dem Papier. Dieser blöde wilde Jäger hat mich nie interessiert.«

Also nichts von bleibendem Wert. Nichts Nützliches. Nichts Lehrreiches. Kein verlockendes Kulturgut. An dieser Stelle war unser Jupiter als Pädagoge krachend gescheitert. Aber was soll's, unterm Strich haben wir die Zeit gut überstanden, und an dem erwähnten Tag ging ich um 20 Uhr in den Saal, um den »Wilden Jäger« zweimal abzuschreiben.

Wie mir zwanzig Mark entgingen

Das hatte mir gerade noch gefehlt. Ich saß in Kaiser Neros Lateinunterricht und fühlte mich urplötzlich einer überfallartig auftretenden Hundemüdigkeit ausgesetzt. Ich hatte wohl am letzten Abend zu lange mit der Taschenlampe unter der Bettdecke in Karl Mays Roman »Der Ölprinz« geschmökert. Der alte Sachse konnte aber auch ungeheuer spannend erzählen.

Egal wie, jetzt hing ich auf meinem Stuhl in der Schule und hatte alle Mühe, die Augen aufzuhalten. Wie durch einen fernen Nebel drang Kaiser Neros Gebrabbel an meine Ohren. Er wollte uns einige Regeln der lateinischen Grammatik nahebringen.

Ich weiß nicht mehr genau, wie es passiert ist – jedenfalls muss mein Kopf auf den Tisch gesunken sein, und über die folgenden Ereignisse wurde ich dann von meinen Klassenkameradinnen und Schulkumpels informiert. Ich war weggetreten und trudelte irgendwo zwischen dem Reich des Morpheus und dem Nirwana dahin.

Indessen ließ sich unser Chefpädagoge unverdrossen über die Finessen der Grammatik der alten Römersprache aus. Ich bin davon überzeugt, dass er seine Sache anschaulich und routiniert über die Bühne gebracht hat. Dann aber, so wurde es mir später zugetragen, verharrte Kaiser Nero, ließ seine Blicke schweifen und setzte sein gewohnt sparsames Lächeln auf, das nichts Gutes verhieß. Er wechselte das Thema.

»Es gibt in dieser Obertertia einen Jüngling«, führte er launig aus, »der sich gelegentlich meiner besonderen Obhut erfreut, denn als euer Lehrer habe ich ja eine gewisse Fürsorgepflicht euch gegenüber, der ich natürlich stets – wie ihr alle wisst – konsequent und mit heißem Herzen nachkomme.«

Irgendwo in der Klasse ertönte Gekicher. Kaiser Nero ignorierte diesen Gemütsausbruch.

»Der erwähnte Jüngling«, fuhr er munter fort, »ist im Unterricht leider nicht immer so aufmerksam, wie er sein sollte, und der junge Mann ist auch nicht sonderlich talentiert – und deshalb müsste es ihm tunlichst angelegen sein, dem Unterricht mit umso größerem Eifer zu folgen, aber manchmal laufen die Dinge falsch, und nun, Herrschaften, *et nunc incipit tragoedia*, jetzt nimmt das Trauerspiel seinen Lauf, denn sein Nachname fängt mit A an, und ihr ahnt wahrscheinlich alle schon, wen ich meine, bloß er selbst hat noch keinen blassen Schimmer.« Er räusperte sich. »Wenn du mich jetzt hörst, Peter Andersen, dann schenke ich dir einen Zwanzigmarkschein …«

In der Tiefe des Universums vernahm ich das helle Gelächter meiner Mitschüler, aber das Nirwana ließ mich noch nicht los.

Und dann kam es über mich wie das Gebrüll eines Löwen. »Aufwachen, Andersen! Mensch, bist du denn völlig wahnsinnig geworden?«

Ich schrak auf und fuhr mit dem Kopf in die Höhe. Kaiser Nero stand vor mir. Gerechter Zorn blitzte in seinen Augen.

»Was fällt dir ein, in meinem Unterricht zu pennen? Das werte ich als persönliche Beleidigung, du schamloser Bube.«

»Entschuldigen Sie bitte, Herr Doktor«, stammelte ich.

Ich kassierte eine Sechs und einen Eintrag ins Klassenbuch und durfte zwei Stunden nachsitzen. Ich nahm mir vor, nachts nicht mehr so lange zu schmökern. Aber das Buch war wirklich ungeheuer spannend gewesen …

Schreck in der Nacht

Schmökern ist große Klasse. Vor allem dann, wenn es verboten ist. Damals in Jupiters Internat waren wir vier Jungs auf unserer Bude, Theo, Just, Rollo und ich.

Abends kurz vor zehn hieß es: Licht aus und absolute Nachtruhe. Dann war natürlich auch jegliches Schmökern streng untersagt.

Ich war gerade mittendrin in dem Romanwerk »Durch das Land der Skipetaren« von Karl May, und ich konnte unmöglich warten, bis ich die Lektüre am nächsten Nachmittag auf legale Weise fortsetzen durfte. Deshalb hatte ich Vorkehrungen getroffen, meine Taschenlampe mit neuen Batterien ausgerüstet und den grünen Band mit den goldenen Schnörkeln auf dem Buchrücken greifbar bereitgelegt.

Jupiters Ehegattin Martha hatte kaum ihre Runde durch die Zimmer gedreht und eigenhändig überall das Licht ausgeschaltet, als ich auch schon nach dem Buch unter meinem Bett angelte und mich bei anheimelnder Taschenlampenbeleuchtung tief unter die Bettdecke zurückzog.

Es war ungeheuer faszinierend, was der weltläufige Kara Ben Nemsi und der windige kleine Prahlhans Hadschi Halef Omar da so alles auf dem südlichen Balkan erlebten. Man konnte herrlich schlemmen in den üppigsten Abenteuern.

Vier Karl-May-Bände hatte ich schon durchgewälzert, fast ausschließlich abends nach zehn beim Schein der Batterieleuchte, und nie war dabei in der realen Außenwelt etwas Ungewöhnliches passiert. Ich hätte nicht gedacht, dass beim fünften Band, gerade als die beiden Aladschy-Brüder den Helden aus dem Hinterhalt attackieren wollten, das Unheil über meine Person hereinbrechen würde.

Aber so war es damals in Jupiters Internat. Der Chef schlich manchmal umher und kontrollierte die Einhaltung der Nachtruhe. Just als die beiden Aladschys mit eisernem Griff ihre Schlachtbeile schwenkten, hörte ich kaum zwei Meter von meinem Bett entfernt ein fürchterliches Gebrüll. Schreck in der Nacht, liebe Leute.

»Du bist wohl völlig verwahrlost, Krähmeier«, donnerte Jupiter, unser pädagogischer Chef, mit wahrhaft zyklopischer Stimme. Ich knipste die Lampe aus und linste über den Rand der Bettdecke. Das Zimmerlicht war an, Jupiter stand vor Theo Krähmeiers Bett und hielt triumphierend ein Jerry-Cotton-Romanheft in die Höhe. Aha. Theo hatte also auch noch gelesen. Wenn ich mich ruhig verhielt, würde sich Jupiter vielleicht damit zufrieden geben, dass er Theo ertappt hatte, und wieder abziehen.

»Morgen nach dem Abendessen«, schnauzte der Störenfried, »schreibst du im Arbeitssaal Schillers ›Kraniche des Ibykus‹ zweimal ab. Ist das klar?«

»Ja, Herr Kempen«, röchelte Theo.

Dann war alles still. Nur ein paar Schritte knarzten. Wahrscheinlich latschte Jupiter hinaus. Ich hielt die Luft an.

Schlagartig prallte eine Urgewalt auf mich. Irgendein Naturelement riss meine Decke weg und beugte sich rasch über mich. Jupiter reckte meine Lampe und das Karl-May-Buch empor.

»Auch du, Andersen«, knurrte er, »erscheinst morgen im Saal. Aber weil dein Buch so dick ist, wirst du die ›Kraniche‹ gleich dreimal schreiben. Eure Schmöker sind konfisziert. Ihr könnt sie abholen, bevor ihr in die Ferien fahrt.«

Das Schicksal ist nicht gerecht. Kein Wunder also, dass es auch in Jupiters Internat nicht gerecht war. Ich habe einige Wochen gebraucht, bis ich wieder genug Mut für nächtliche Lektüre gesammelt hatte. Und dann vergingen noch ein paar Wochen, bis Jupiter mich das nächste Mal erwischte.

Der Nachmittagskaffee

Damals wohnte ich rund zweieinhalb Jahre in Jupiters Auswärtigen-Internat im schönen grünen Odenwald. Bis Obertertia ließ ich mich Mitte der Sechzigerjahre von Jupiters altpreußischem Bildungskonzept drangsalieren. Ich ertrug bei Verstößen gegen die altbackene Hausordnung seine Strafarbeiten, die meistens im Abschreiben von Balladen aus den klassischen Federkästchen von Goethe und Schiller bestanden. Wir durften dann gern abends im Saal im Bademantel über dem Schlafanzug »Die Braut von Korinth« oder »Der Zauberlehrling«, »Der Taucher« oder »Der Spaziergang« abpinseln und uns dabei muskelkaterähnliche Beschwerden im Handgelenk zuziehen.

Die Verpflegung bei Jupiter war qualitativ noch verbesserungswürdig, aber wir hatten uns ja nicht in einem Sternelokal niedergelassen.

Zudem waren internationale Spezialitäten wie Pizza, Döner, Souvlaki und Paella, chinesische und thailändische Menüs in unserer Gegend noch nicht flächendeckend angekommen, und es gab noch nicht einmal Hamburger oder Hähnchenteile oder ungarisches Langosch.

Die Küche unter der Leitung von Jupiters Ehefrau Martha servierte uns oft verhutzelte und schwarz angebrannte Frikadellen, Pellkartoffeln mit Quark oder Linsensuppe und abends auch mal Schmalzebrote – na ja, die waren gar nicht so übel –, und zum Frühstück gab's immer Haferschleimsuppe, die allerdings stark gewöhnungsbedürftig war. Also, ich habe es in den zweieinhalb Jahren kaum geschafft, mich daran auch nur annähernd zu gewöhnen.

An den Nachmittagen saßen wir mit gut zwanzig Schülern im Saal und machten unter Jupiters Aufsicht unsere Hausaufgaben. Jupiter war ein versierter Experte in Sachen Latein und

Mathematatik, er hätte locker mit Leuten wie Cicero und Archimedes Konversation treiben können, und er residierte an der Längsseite des Raumes, rauchte Zigarillos mit dem Aschenbecher auf einem Beistelltisch und beäugte uns so kritisch wie der legendäre Hund Zerberus.

Dann kam Käthchen, die Küchenfrau, herein und stellte Jupiter eine Tasse Kaffee hin. »*Gratiam habeo*«, sagte Jupiter etwas snobistisch und ergriff sofort den Henkel seiner Tasse.

Wir Schüler wussten nun alle, was uns blühte, denn Jupiter pflegte seinen Kaffee stets unter Aufbietung einer enormen Geräuschkulisse zu schlürfen. Er schlürfte so laut, dass wir glaubten, die Fensterscheiben vibrieren zu hören, und wir fürchteten, dass die Decke zu wackeln anfing. Aber wir durften dabei auf gar keinen Fall laut lachen, denn dann hätte Jupiter uns aus dem Arsenal seiner Strafballaden bedacht, und das wollten wir doch möglichst vermeiden. Jupiter aber schlürfte und schlürfte und schlürfte.

Das ist viele Jahre her, und inzwischen trinke ich auch gern mal in meiner Küche einen Cappuccino und einen doppelten Espresso beim Italiener. Dabei ertappe ich mich jetzt oft dabei, dass ich das heiße Getränk unter donnerndem Getöse in mich hineinschlürfe. Und dann denke ich, dass wir Jupiter damals vielleicht zu Unrecht belacht haben. Der heiße Kaffee will ganz einfach laut geschlürft sein. Das ist wohl so eine Art unumstößliches Naturgesetz.

Entschuldigen Sie bitte, Jupiter!

Der Hirsch

»Kuck mal«, krähte der kleine Kumpel Bernemann, »kuck doch mal, da bewegt sich was.«

Der achtjährige Knirps hing hinten im Auto in seinem Kindergurt und spähte durch das Seitenfenster schräg nach vorn. Es war schon dunkel. Wir befanden uns westlich vom ungarischen Plattensee, dem Balaton, in der Gegend von Keszthely. Wir hatten in Zalanagymezöszentmiklos üppig zu Abend gegessen und waren jetzt auf der Rückfahrt zu unserem Quartier in Sarmellékpuszta, als Bernemann auf etwas aufmerksam machte, was sich am Waldrand bewegte. Ich hatte ganz kurz und mehr unterschwellig auch etwas bemerkt, und ich fuhr rechts ran, stoppte den Wagen auf dem Grasstreifen und machte das Licht aus. Vor dem mondhellen Himmel erschien stolz und sanft trabend ein stattlicher Hirsch.

»Was ist das, Peter?«

»Das ist ein Hirsch, Bernemann.«

»Was issen ein Hirsch?«

»Ein Tier des Waldes. Ein männliches Tier. Ein Verwandter vom Reh, ein Onkel von Bambi.«

»Was hat er da auf dem Kopf?«

»Ein Geweih. Hirsche haben Geweihe, so wie andere Tiere Hörner haben. So wie die Elche in Norwegen,weißt du.«

»Oh Mann, ist der cool.«

Der Hirsch hatte ein mächtiges Geweih – ein Zehnender, dachte ich, vielleicht sogar ein Zwölfender, aber das konnte ich bei den unzureichenden Lichtverhältnissen nicht genau erkennen. Jetzt trat er an den Straßenrand, stand als schwarze Kontur vor dem helleren, vom Mond beleuchteten Himmel, und einen Moment lang schien es mir so, als schaue er zu uns herüber. Er war nicht weiter als zehn Meter entfernt.

»Ist so ein Hirsch gefährlich?«

»Er ist eher scheu. Wenn er wüsste, dass wir hier sind, wäre er schon weg.«

»Ach du grüne Gurke«, stammelte Bernemann.

Er hatte sich aus seinem Sitz ausgeklinkt und war jetzt mit seinem Kopf neben meinem, um durch die Windschutzscheibe nach vorn zu schauen. Da stand der Hirsch. Er verharrte fast in der Pose des weltberühmten röhrenden Kaufhaushirsches vor uns, nur dass er das Maul nicht zum Röhren schürzte, sondern, den Kopf leicht angehoben, innehielt, um Witterung von der Umgebung und der weiten Welt aufzunehmen.

Das war ein prachtvolles Bild von einem Stück Natur – die dunkle Silhouette des Hirsches vor dem helleren Nachthimmel, rechts der schwarze Wald, links über der Straße ebenfalls schwarzer Wald und dann hoch oben, am äußeren rechten Rand unserer Wahrnehmung der volle Mond, der weiß leuchtete und den Himmel erhellte.

»Uff«, stieß Bernemann hervor, »das ist ne voll krasse Kiste.«

»Das kannst du laut sagen«, bekräftigte ich. Ich war fast geneigt, den Atem anzuhalten, um das kapitale Tier nicht zu stören oder zu erschrecken. Aber der Hirsch setzte sich ohnehin in Bewegung, er äugte rechts, er äugte links und trabte eleganten Schrittes über die Straße, woraufhin er links im schwarzen Wald verschwand und nicht mehr zu sehen war. Unsere Spannung löste sich.

»Mannomann«, murmelte Bernemann und ließ sich zurück auf seinen Sitz sinken. »Das glaubt mir kein Mensch. Das glaubt mir echt kein Mensch.«

»Schnall dich bitte an«, sagte ich, und damit waren wir wieder im normalen Leben angekommen. »Ich glaube, wir können jetzt weiterfahren.«

Ich drehte den Zündschlüssel, schaltete das Abblendlicht ein und fuhr langsam auf die Straße.

BIANCA BROSCHEK

Charon, Charos, Charontas

Charon, Liebster, nimm mein Herze
Es ist doch schwerer als dein Gold
Raub den Glanz der matten Scherben
Nichts war meiner Trauer hold.

Charos, küss mich und verzeihe
Ich bin doch nur ein leeres Blatt
Deine Zunge, meine Treue
Alles ist nichts und leer ist satt.

Charontas, schick deine schwarze Seele
Als Vogel in mein Höllenreich
Flieg herab zu mir, mein Rabe
Der Tod in Liebe niemals weicht.

Ulysses

Wo ist Wanderschaft beunruhigend?
Wo ist Handwerk die selbst geschmiedete Kette?
Fessel.
Wasser wohnt inne und Nesselbrand gehorcht keinem.
Erwecke die Saat des Erlösers und singe
ein Requiem der Verachtung.
Warte hier auf mich,
das Meer muss mich noch küssen.
Warte hier für lange,
denn ein Kuss wird schnell zum Tod.
Erwartung auch.
Die Triebfeder der Mangelerscheinung.
(Wanderschaft & Morgenbad)

Eile mit Weile – ein Fallbeispiel

Moritz geht zu Bett und wartet auf den Schlaf und nicht auf das Morgen.

Er geht zu Bett und wartet auf nichts mehr, nie mehr. Moritz reicht Armand die Hand und beginnt zu schwitzen. Armand wollte heute auch nicht aufstehen, aber als er an die Nacht dachte, hat ihn sein lautes Weinen in den kalten Wind geschickt. Sie wünschen sich, zusammen im Bett zu liegen, ihre Tränen zu teilen und weniger zu leiden. Doch sie stehen in der Kälte, im Schnee, wissen nicht wohin. Heimatlos. Gefühltes Eis.

Vereiste Wege, erfrorene Bäume, die toter wirken, als sie sind. Vereiste Gedanken, die es zu manifestieren nicht lohnt. Zu viele Worte, die sich in der Wolkendecke verlieren. Doch Moritz braucht keine Worte, und Armand würde ihnen kein Gehör verleihen wollen. Armand versteht Moritz schweigend, und jedes Wort würde diese stille Verwandtschaft kompromittieren, trivialisieren oder gar zerstören. Gehörsturz.

Armand senkt den Blick, während Moritz in den bedeckten Himmel starrt, als würde er ihren Gedanken und den Worten nachtrauern. Tut er aber nicht. Zwar trauert er, aber ganz ohne definierten Grund, denn sein Unterbewusstsein fühlt sich gerne in die Zukunft ein, und damit ist Moritz zufrieden. Wie Armand mit der eisigen Stille. Autonome Eindrücke, fern von der Außenwelt, der Welt der anderen, und ebenso fern von ihren Urhebern. Die Bettdecke zum Verstecken ist zu Schnee zerfallen. Angst.

Krähen, Schnee, Äste. Keine Verbindung, keine überzeugende Realität. Trauma.

Ein Lidschlag, langsam und schwer. Doch nur für den Bruchteil dieses Augenblicks. Die Sicht von bleierner Haut verdeckt. Sekundenblindheit. Qualvoll wird eine Träne verstoßen, die sich wie Quecksilber in die Wange einzuätzen versucht. Armand greift in seine Manteltasche. Erstarrt. Dieser Moment darf nie vergehen. Koma.

Moritz verschmiert diesen süßen Augenblick mit der Rückseite seines Daumens. Alles, was für Armand bleibt, sind winzige Salzkristalle auf unterkühlter Haut, die nur er sieht. Schmerzkristalle. Bild eingefangen, Blickwinkel verdreht. Vergessene Heimat.

Gefühltes Eis. Schweiß gefriert. Entfremdet. Panik.

Armand stockt der Atem. Moritz möchte seine Hände um Armands Hals legen, sich festhalten, doch Armand ist plötzlich weit weg. Schock.

Armand tötet Moritz. Gefühlte Missachtung. Moritz geht zu Bett. Allein.

Das Warten ist verstummt. Allein das Warten ist verstummt, wie Schnee den Schweiß gefriert; und Herzen.

Koralle

Erwachen bringt oft dunkle Taten
In Schändung warm wie neues Blut
Entwendung kühn und wohlgeraten
Philosophien ertränkt in leerer Glut
Liegt Ozean oder doch nur Blume
Tief in deines Auges Frost
Dahin labend' feuchter Ruhme
Verloren auf ewig im bröckelnden Rost
Wassergarten,
Meeressud,
Fließend' Altertume,
Meine Schwarze Kost

Kleine Koralle,
Bist Stein wie mein Herz
Schuldig warst du nicht
Leben macht Leber zu Schmerz

Kleine Koralle,
Verblutest im Salz
Gezimmertes Wasser
Und niemandem galt's!

Wir sind die Fischer – Wir haben die Fische

Am Haken. Zappelnd. Ringend nach Luft. Nein, nach Wasser. Leider kennen wir uns nicht, und jetzt ist es zu spät für dich. Mein Fall war schon immer hoffnungslos. Unsereins hat nicht viel. Unsereins könnte besser anderen als sich selbst helfen. Nur dir kann ich nun auch nicht mehr helfen. Du zappelst. Ich ringe nach Luft, sehne mich nach dem Wasser. Willst du mit mir deine Heimat tauschen? Dich eintauschen? Du hast ohnehin bald keine mehr. Ich noch nie. Unsereins ist heimatlos. Bruderlos. Du warst bestimmt nie allein. Bis jetzt. Ich zwänge dir ein Stück meines Missmutes auf. Plankton, der Freund der Genügsamen. Dein Mund wird meine Narben tragen, wie mein Herz die Narben meiner Welt. Nicht deiner. Wie meine Seele die Narben der Freuden anderer. Nicht deiner. Denn deine Freuden haben nun auch ein Ende. Die Welt leider noch nicht. Weder deine noch meine. Ich mag dich. Ich möchte weinen. Doch ich kann nicht. Ich weiß nicht, ob mir das Unterdrücken leichter fällt. Unsereins fällt nichts wirklich leicht. Wir haben auch anders mit der Schwerkraft zu kämpfen als du und deinesgleichen. Ihr scheint euch immerhin wahrhaft zu gleichen. Doch der Schein trügt oft. Unsereins trügt immer. Langsam spüre ich deine Muskeln nachlassen. Doch die Schwäche ist keine Disziplin für dich. Nur ein Hauch. Ein Zucken. Dein Blut ist nicht so rot wie meines. Unsereins verblutet nicht nur einmal. Zeig mir die Zähne. Los. Du bist besiegt, mein Dämon. Ich wollte dich doch retten. Weit gefehlt. Unsereins liegt in der Natur des Fehlers. Unsereins ist der Niedergang. Kiemen keimen nicht. Unsereins verschenkt Vergänglichkeit. Du hast vor uns verloren.

Denn wir sind die Fischer. Wir haben die Fische. Sonst haben wir nichts.

Der Vergessenswert

Blick aus dem Fenster
Nach Haus
Verloren, verraten,
Vergessene Gespenster
Gibt Hinterhalt Nahrung
»Freie Fahrt voraus!«
Trunkener Seemann am Steuer
Widerwilliges Warten
»Was wollt ich bloß noch …?«
Bin mir mehr und mehr
Ungeheuer
Verschwiegener Moloch,
Gegeißelte Paarung,
Archischer Verzehr
»Was wollt ich bloß noch …?«
Trübe Sicht Steuerbord
Hast ist verklungene Eile
Stets unvollständig
Gefühlt, ohne Wort
Und fernab von Weile
Jäh und jedoch
Schweißtreibenden Ortes
Verharre ich unterkühlt
Und schmerzenbeladen
»Was wollt ich bloß noch …?«
Belangloses Irrlicht!
Und ständig meine ich, etwas vergessen zu haben
… doch dein erblauendes Meer vergesse ich
Nie, nie und niemals NICHT!
MEHR …

Herrn Schmidt sein Kopf

Herr Schmidt ist der Meinung, dass Gleichgültigkeit eine Tugend ist und soziale Kontakte überbewertet sind. Er wollte ferner auch gar nie erwachsen werden, musste sich jedoch irgendwann, im Alter zwischen 31 und 33, den gesellschaftlichen Zwängen beugen.

Die Gesellschaft war schon von klein auf sein Feind, und hätte sich da nicht dieser dumme Zwischenfall, in dem seine beiden Elternteile involviert waren, ihm in den Weg gestellt, ja dann, dann hätte Herr Schmidt sich auch niemals unterkriegen lassen. Denn Herr Schmidt war, trotz oder gerade wegen seiner vielen eigenwilligen Auffassungen, auf die ich später noch zu sprechen kommen werde, ein extremes Durchhaltevermögen und eine mehr als stark ausgeprägte Willenskraft in die Wiege gelegt worden. Natürlich nur, wenn es um seine, SEINE, Prinzipien ging. Herr Schmidt kann sich an seine Kindheit noch wie an gestern erinnern, an die Wochenenden ab fünfundzwanzig dafür kaum.

Er denkt, dass öffentliche Verkehrsmittel nur aus einem einzigen Zweck eingesetzt werden, und zwar, um virologische und psychologische Tests an der Bevölkerung durchzuführen. Alle seine Krankheiten habe er sich, außer den geschlechtlichen, in der Bahn, im Zug beziehungsweise in Bus oder Tram eingefangen. Herr Schmidt sieht zur Ablenkung während der Fahrt oft von seiner Lektüre auf und aus dem Fenster, in der Hoffnung, Nebel oder die Berge zu sehen. Mit Nebel verbindet ihn seine Leidenschaft für Verschleierungen und mit Bergen sein Wissen, dass er für Großes geboren ist. Herr Schmidt wollte immer Komponist für Sirenenklingeltöne werden, das hat aber leider nie geklappt, da die Nachfrage überaus begrenzt war.

Herr Schmidt hatte schon immer Angst vor feuchten Wunden, die sind ganz fies, wie er meint. Die Schmerzen ewig, die Pflaster beziehungsweise Verbände wachsen ein und es dauert viel zu lange, bis sie trocknen und heilen können.

Jedoch hat er seit geraumer Zeit auch große Furcht vor trockenen Vaginas, denn oft er hatte er schon eine überdimensionale Erektion und griff dann vorsichtig nach unten, zum Geschlecht der Geliebten, und musste zu seiner großen Enttäuschung feststellen, dass dort kein Gegenpol zu finden war. Salz in die Wunde seines Selbstwertes.

Auch fürchtet er sich jedes Mal, wenn es vor seiner Tür raschelt oder knarrt. Da könnte ein kleiner, böser Parasit auf ihn warten und sich in der Nacht heimlich bei ihm einnisten. Am nächsten Tag würde er dann ahnungslos in die Arbeit spazieren, wieder und wieder, bis eines Tages dieser dann plötzlich ausbrechen würde. Nicht so wie in Filmen, als schleimiges Monster, das aus seinen Gedärmen bricht, sondern vielmehr unmögliches, unpassendes Verhalten seinerseits zu Tage fördern, und er würde sich bis auf die Knochen blamieren, da ja niemand wüsste, dass er befallen, wenn nicht gar besessen sei.

Er fürchtet sich davor, plötzlich und unkontrolliert Beschimpfungen und Gewalttätigkeiten auszustoßen, ohne ein Attest für *Tourette* zu haben. Oder in der Bahn ohnmächtig zu werden und in die Hose zu urinieren, und am meisten fürchtet sich Herr Schmidt davor, in einem piekfeinen Restaurant, in einem Moment der Unachtsamkeit, sich quer über den Tisch übergeben zu müssen. Deswegen würde er es auch bevorzugen, wenn er es ganz vermeiden könnte, sein Haus überhaupt verlassen zu müssen. Aber da Herr Schmidt seine Leidenschaft für Sirenen nun ja nur in seiner Freizeit ausleben kann, pendelt er zwischen Jobs als Feuerbeobachter, Experte für fliegende Reptilien oder Akustik-Archäologe durch sein Leben. Und auch wenn er dadurch gezwungen ist, ab und an sein Heim zu verlassen, ist er damit zumindest nicht ganz unzufrieden. Immerhin, denkt sich Herr Schmidt, hat er da nicht allzu viel mit anderen Menschen zu tun, jedoch die Sache mit den überall lauernden Parasiten, Viren und Bakterien wurmt ihn tagein tagaus. Umso mehr, wenn er all seinen Mut zusammennimmt und jegliche Art von Intimitäten zulassen würde und für ihn nichts als Zurückweisung zu ernten ist. Das macht Herrn Schmidt sehr traurig, sogar noch viel trauriger als ein Parasitenausbruch in der Arbeit oder in einem öffentlichen Verkehrsmittel. Trauriger und ängstlicher. Obwohl, die anderen würde es dann ja auch treffen, denkt er sich und schmunzelt.

Seine Meinungen und Ansichten sind, zumindest für ihn, unantastbar.

Und als er »Zurückbleiben, bitte!« hört, öffnet er die Petrischale.

Ich habe kein Problem (Bittersweet Symphony)

Ich habe kein Problem, ich habe viele.
Dass er trinkt, stört mich nicht.
Ich habe kein Problem damit, dass er trinkt.
Alkoholismus ist prinzipiell kein Problem für mich, ich befürworte ihn sogar.
Seine Hand ist warm. Sein Herz wohl weniger.
Daimonion vs. Logos. Ein Kampf, kein Sieg.
Wir bestehen mehr aus Angst als aus Wasser.
Konsequenz zwecklos, weil allgegenwärtig.
Wir hören Musik und Stimmen, aber das reicht uns nicht.
Divergenz.
Er sagt, was wir fühlen, nur nicht so bitter.
Bittersweet Symphony.
Er redet von Sachen, die im Inneren gestorben sind.
Von einer Sache. 10, 24, (27), 33 …
Was auch immer.
Wenn etwas in einem gestorben ist,
kann man es nicht wiederbeleben.
Wenn man weiß, dass,
wenn man etwas Neues in sich zum Leben erwecken könnte,
es sowieso gleich wieder sterben wird, bald,
dann wird es schwierig. Ist so.
Reanimation gescheitert. Todgeweiht.
Die Hand ist warm, die Umarmung aufgesetzt,
doch im Grunde vielleicht ehrlich,
wenn man Wahrheit nicht kennt,
oder zumindest nicht so genau nimmt.
Wahrheiten divergieren.
Gänsehaut, aufgestellte Haare, Spliss. Davon haben wir viel.

Morituri te salutant.
Die Kälte strömt über, das Gefühl auch.
Bleiben wir beim Alkoholismus.
Damit kennen wir uns wenigstens aus.
Wir haben keine Probleme, wir haben viele.
Das nehmen wir genau.

»Das Stabile Tief« oder »we chemical brothers«

Remember:
In Beziehungen verliert man den Blick auf das Wesentliche und das Allgemeine. Im Allgemeinen verliert man auch alles. Doch das ist unwesentlich.

In der Arbeit ist das Wesentliche im Allgemeinen der Verlust an sich. Zeit, Meinungen, Stolz und andere seltsame Dinge, die, wie man meint, dazugehören, zu einem jeden. Doch jeder ist selten, und nur seltsam an sich.

Wenn ich ausgeglichen und normal mit anderen Individuen umgehen könnte, wäre er in der Tat erste Wahl für … Ach, für was eigentlich? Für ein Unterfangen unbestimmter Art. Ganz sicher, ehrlich. Doch leider sieht es definitiv so aus, dass Normalität und Ausgeglichenheit das absolut Entfernteste sind, was individuell für mich bereitsteht. Im Billig-Produkte-Regal, zwischen Entkalker und Toilettenreiniger. Zwischen »wollen« und »nicht können«, zwischen »nicht können wollen« und krankhafter Unfähigkeit.

Wissen Sie, wie sehr Sie mich beeinträchtigen? Nein, diesmal mein ich Sie! Genau Sie.

Sie sollten sich doch nicht an mein Gehirn andocken. Das habe ich Ihnen doch striktens verboten! Nicht wahr? Außerdem, rein hypothetisch betrachtet, sollte ich mich mit diesem Gedanken akklimatisieren können, muss ich sofort einen Exorzismus vornehmen und mein ausgelaufenes Gehirn mit Chlorix füllen.

Ich mag keine Beziehungen, die mich miteinbeziehen, und Kommunismus konserviert. Momente werden zu Ewigkeiten, wenn meine Gedanken nur noch dich kennen. Der letzte Kater der Zeitgeschichte scheitert an mir allein. Nur du bist nicht im

Angebot. Herr Doktor, ich bin fast dreißig und mein Gehirn ist verstopft!

Ich habe keine Meinung und keinen Stolz, zumindest in Bezug auf Arbeit und Sex.

Ich brauche ein Rezept für und ein Attest gegen das Leben. Oder war es umgekehrt?

Auf jeden Fall, Andocken nicht erwünscht. Geschlossene Gesellschaft! Denn das würde mir sehr missfallen und sehr, sehr schlechte Laune bereiten … und das ist nicht erstrebenswert, glaube mir, mein Kind, mein Junge!

Du weißt es nicht besser, ich sowieso nicht. Lang ist es her, lang ist vieles her. Das war doch unsere wilde Zeit, erinnerst du dich, da war das Leiden noch angenehmer und die Tage den Nächten untertan. Doch nun?

Stromnetze verderben den Grundgedanken. Manchmal braucht Nacht keine Lichter, und Erleuchtung tut auf Dauer selten gut. Muh. Ich brauche Hilfe, ich kann nicht atmen, Herzinfarkt, Tinnitus, Hyper-was-auch-immer.

Ich muss mich totstellen, und im Totstellen bin ich gut, ein Meister meines Faches, dieses Faches. Ich habe es eigens für mich perfektioniert, doch am Ende bleibt es beim »Stellen« und ich lande im Dreck. Wie heimelig!

Verwandtschaften, Verbrüderungen, Gewohnheiten und Hirnrisse. Auch Küssen klappt nicht ohne völlige Unzurechnungsfähigkeit (beiderseits).

Schenkt mir ein Ende. Eine Rast.

Lethargie in der S-Bahn, Lethargie in der Arbeit. Apathie als Allgemeinzustand einer manifestierten Gegenwart, in der die Zukunft schon vor ihrer Vergangenheit vorbei war.

Morgendlicher Leichtsinn ist Schwersinn mit Blei im Mund.

Unvergoldet.

»Heut' ist's schon sehr früh«, sagt der Förster, und obwohl es nicht früher ist als sonst, hat er verdammt recht. Er macht uns einen Kaffee, bevor die Maschine erneut ihren Geist aufgibt, und wir lachen noch schnell über unsere Unzulänglichkeiten, bis es vorbei ist.

Ich habe meinen Geist schon lange aufgegeben, schon vor den sich häufenden Unzulänglichkeiten. Arbeit trägt Lethargie nicht zu Grabe, sie baut der Apathie einen Altar, einen Schrein aus Gold und Diamanten. In einem ewig kursierenden Teufelskreis.

Der *iPod* von Gott spielt für uns keine ganzen Lieder und Rotwein kleidet nur mich.

Ich muss weitermachen, alleine, bin nun noch deine Vertretung, während du dich aus dem Staub gemacht hast. Ich übernehme stillschweigend, und Anstalten mache ich vorerst noch nicht. Beklemmung vorherrschend, primär.

Die Anstalt verschwindet im rechten Winkel des Zugfensters.

S-Bahnen fahren durch Tunnel, fahren über Tunnel. Doch dieser Tunnel raubt mir den Atem und ich denke wieder an dich. Für einen Moment schwindet mein Kreislauf schwarz Richtung Westen.

Du bist der Westen. Du bist die Ewigkeit. Du hast mein Hirn verstopft. Mit goldenen Küssen, die ich nicht annehmen kann. Ich handle nur mit *blow jobs.*

Schwanzabdrücke am Plexiglas des S-Bahn-Häuschens. Sie waren jung und sie hatten Spaß. Wir sind nicht mehr so jung und haben tote Seelen, sehen tote Seelen. Wir sind tote Seelen und Spaß war, was keinem familiär schien.

Wo ist das Billig-Produkte-Regel, in dem es dich zu kaufen gibt?

Nicht bei den Angeboten. Sicher nicht. Verdrängungsgleis. Schublade. Die obligatorischen zwei Wochen halten an. Entschuldigung, kennen wir uns?

Grüß Gott, mein Name ist Furcht, ich weiß nichts für *niemanden! … Flatline.*

Wir kannten uns nie …

(Ein Gedankengang)

HANNE FRANGOUL

Auf Abwegen

Die Luft in der Sakristei durchzog ein Dunst durchdringenden Geruchs, als Pastor Gottfried Devilius, seit Kindertagen Gottl genannt, sich heimlich seinen zweiten Joint entfachte. Heute schaffte er es, beide Joints in exakt dem Durchmesser, nämlich 3½ mm, zu formen, dass sich diese wie angegossen in die Lücke seines leicht hervorstehenden Eckzahns einfügten. Der ziemlich penetrante Duft entstammte einem Kraut namens HO-TSCHI-MAU, das er sich regelmäßig bei seinen München-Besuchen nahe des Hauptbahnhofs beschaffte. Er deckte sich stets für vier Wochen mit diesem mittelschweren Geschütz ein.

In solchen Momenten führte Pastor Devilius ein Doppelleben. Dorle, mit ihren ständig in der Küche umherwerkelnden Händen, tischte er bei jenen München-Abstechern einen Lehrgang der Kanzelrednerei auf. Er war sich sicher, dass diese Duckmäuserin, die mit dem Karma einer unentwegten Verliererin behaftet war, ihm Glauben schenkte – wo er sich doch schon jahrelang auf der Kanzel eindrucksvoll, ja geradezu fabelhaft, in Szene setzte und sich in dieser Rolle außerordentlich gefiel, wohlwissend, dass er nicht das Charisma eines kernigen Kraftpakets ausstrahle. Aber den Mund aufmachen und das Wort ergreifen, das konnte er.

Mit einer lässigen Geste ließ Gottl die Asche seines High-Quality-Joints auf den Sakristeiboden rieseln. Dieses entkrampfende, Wogen glättende HO-TSCHI-MAU-Mittelchen mundete ihm momentan ganz besonders vorzüglich. Voller Behagen saugte er ein zweites und ein drittes Mal daran. Noch ein letzter, intensiv einziehender Lungenzug und er würde sich vollkommen gelöst und entspannt fühlen.

Indes bemerkte Gottl heute, trotz seiner kleinen »Amigos«, so nannte er mittlerweile diese selbstgedrehten Joints, eine schwach spürbare Verspannung. Eine schlaffe Unruhe packte ihn. Zuallererst schien die rechte Hand nach etwas zu suchen, worauf die Linke zu wühlen, ja geradezu zu schaufeln begann. Seine Wangenmuskeln versteiften sich unvermittelt, die Stirn war verklemmt.

»Natürlich, Gottl«, hauchte er vor sich hin, »deine Hydra-Energy-Dragees, die in der Werbung den Beruhigungs- sowie Aufwach-Kick versprechen und bei extremem Lifestyle als Workaholic und gleichzeitig Partytier empfohlen werden.« Mit Hochgenuss schmiss er zwei dieser Pastillen in sich hinein.

Zusätzlich griff er noch in das mittlere Fach des Stahlschranks und nahm seine »La Perlusconi-Faltenreduziercreme« heraus. Genussvoll, beinahe sinnlich, ölte er sich nun das Gesicht ein, hauptsächlich die Augen- und Halspartie. Auch seine Ellenbogen bestrich er nun oberflächlich. Jetzt konnte er vollends in Entspannung versinken.

Jedoch tief in seinem Innersten spürte er erneut eine schwache Verkrampfung. Augenblicklich durchzuckte es ihn: Es war der Totenkopf, der ihn nicht zur Ruhe kommen ließ und ihn von der hintersten Ecke des Stahlschranks angrinste. Dieser Totenkopf war auf ein giftig grünes Fläschchen gemalt, umrahmt von je drei Ausrufungszeichen zur Linken und zur Rechten.

Darüber thronten in rußschwarz die Worte Bandity XXL. Ein windig aussehender Asiate hatte ihm diese Mixtur bei seiner letzten Münchenaufwartung angedreht. Zunächst wollte er das Fläschchen wegen dessen grüner Farbe nicht erstehen. Seit dem Tag ihrer Hochzeit, als Dorle ihn mit einem lindgrünen Brautkleid überraschte, hatte er sich blitzartig und trotzig, in einem aufflammenden Jähzorn, gegen die Farbe Grün entschieden. Boshaft registrierte Gottl Mal für Mal Dorles Panik bei seinen anfallartigen Ausbrüchen. Ihr blondes Schnurrbärtchen richtete sich dann immer so angstvoll auf.

Gottls explosiver Jähzorn entstammte einem genetischen Vererbungs-Defekt väterlicherseits. Sein Vater starb im Eifer der Rechthaberei und des Starrsinns, als ihn beim Radfahren ein LKW in einer steilen Kurve überholte, dessen Fahrer er als seinen langjährigen Todfeind identifizierte. Er jagte damals schäumend und explodierend vor Wut diesem LKW nach. Seine letzten Worte äußerte er verbissen: »Du schleimige Kanaille. Ich bin nicht so hasenfüßig wie du!«

Fahrig fasste Gottl nun nach dem grünen Fläschchen, öffnete es und schnupperte neugierig daran. Ohne Hemmungen oder Skrupel kippte er schnell einen generösen Schluck des Bandity XXL hinunter. Er torkelte ein wenig, denn augenblicklich fand in seiner Kehle ein Trommelfeuer statt. Ein Stromstoß jagte durch seinen Körper, sein Herz begann zu rasen. Schweißgebadet stammelte er: »O Gott, o Gott, Gottl!«

Für einen kurzen Moment stellten sich Atemprobleme ein. Japsend taumelte er zurück, seine Schuhe quietschten weithin hörbar. Ihm war, als wirble er wie ein Taifun durch die Sakristei und keuchend klammerte er sich an das schrillgrüne Fläschchen.

Er ahnte es, diese, von gelber Rasse abstammende Kanaille hatte ihm ein teuflisches Hexengebräu angedreht!

Dann ging alles blitzschnell. Sein Wahrnehmungsvermögen zerbarst vor Farben. Dieser Ausbruch fuhr direkt in seinen sogenannten Zerebrumstamm, auch Reptiliengehirn genannt, so jedenfalls bezeichneten dieses Territorium der menschlichen Physis, laut einem Artikel in der Schwäbischen Zeitung, Neurologen und Bio-Chemiker.

Nach einer kleinen Ewigkeit entkrampften sich seine Kiefer, die Brust wurde von zarten Streicheleinheiten umkost. Beide Beine entspannten sich und die Bauchmuskeln wurden von einem Frieden durchrieselt, wie er es nie zuvor verspürt hatte. Eine grenzenlose Ruhe überkam ihn. Fast konnte man meinen, Magie sei im Spiel. Die aufsteigenden Sonnenstrahlen umarmten ihn durch die Kirchenfenster und bildeten farbenprächtige Ornamente. Im Hintergrund vernahm er leise, gedämpfte Klänge. Wie gebannt hielt er inne und gab sich diesem Zauber hin.

Ein Murmeln entwich seinem Mund: »Ich bin zwar klein von Gestalt, aber ich bin himmlisch, paradiesisch, vollendet, ein Geschöpf, das mit Talent, Tüchtigkeit, wenn's sein muss auch mit Dreistigkeit alles auf die Reihe bringt – ich bin ein Dinosaurier der evangelischen Kirche!«

Um ein Haar hätte Gottl nach dieser Reise in die Grenzenlosigkeit vergessen, die Sakristei mit dem Deospray »Dark Temptation« zu besprühen. Auf keinen Fall durfte er Spuren seiner Heimlichkeiten hinterlassen. Die Katholiken waren da in einer besseren Lage. In deren Sakristei wurde Weihrauch deponiert.

Ehrenfest und fromm verließ Gottl irgendwann die Kirche – nicht ohne sich vergewissert zu haben, dass der Stahlschrank vehement verschlossen war und der Schlüssel mit der dazugehörenden goldenen Kette um seinen Hals hing.

CHRIS GRÜNBERGER

Besuch in Sissinghurst

Es war ein sonniger Frühlingstag in den Sissinghurst Gardens in Kent, nur etwa vierzig Kilometer von Canterbury entfernt. Zelia hatte sich schon lange auf den Besuch hier gefreut. Sie hatte eine Vorliebe für englische Gärten und war überzeugt, dass Sissinghurst für sie auf Platz eins landen würde. Die Busfahrt hierher hatte zwar ganz schön lange gedauert, aber sie erkannte sofort beim Betreten des Gartens, dass es sich absolut gelohnt hatte, die Strapazen auf sich zu nehmen. Welch eine Pracht an Farben! Es gab überschwänglich bepflanzte Beete, überwucherte Mauern, Tulpen, Dahlien, Clematis, Lavendel, Azaleen, Primeln, bunte Sträucher, alle nur denkbaren Grüntöne.

Außer ihr spazierten nur wenige Besucher umher. Ein distinguiert aussehender älterer Gentleman saß auf einer Bank inmitten bezaubernder blühender Sträucher. Er schaute neugierig in ihre Richtung, und als sie sich seiner Bank näherte, sprach er sie in bestem Oxford English an.

»Sie sind wohl zum ersten Mal hier in dem schönsten Garten Englands. Ihr Gesicht drückt die Begeisterung des ersten Mals aus.« Er schmunzelte. »Wollen Sie sich eine Weile zu mir setzen? Ich kann Ihnen viel über die Geschichte des Gartens erzählen, über die früheren Besitzer, über die Dramen, die sich hier abgespielt haben.«

Erstaunt und gleichzeitig erfreut willigte Zelia ein und setzte sich zu ihm auf die Bank.

»Wissen Sie«, fuhr er fort, »ich bin ein Mitglied des *Na-*

tional Trust, in dessen Besitz sich Sissinghurst jetzt befindet. Mein Name ist Malcolm Bancroft. Ich bin selbst Besitzer eines Landhauses mit einem schönen Garten, der natürlich nicht zu vergleichen ist mit Sissinghurst.

Sicherlich haben Sie schon von Vita Sackville-West und ihrem Mann Harold Nicolson gehört. Die beiden haben Sissinghurst 1930 gekauft und diese wunderschöne Gartenanlage geschaffen, die aus zehn Gartenbereichen besteht, die durch hohe Eibenhecken abgetrennt sind. Meine Lieblingsgärten sind der Rosengarten und der weiße Garten, aber eigentlich kann man sich hier überall wohlfühlen. Sie werden das sicherlich selbst merken, wenn Sie bereit sind, hier länger als die üblichen Besucher zu verweilen. Normalerweise komme ich einmal im Monat hierher, genieße schweigend, wobei meine Augen hyperaktiv die kleinsten Schönheiten des Gartens entdecken und bewundern. Ich kann mich in einzelne Blüten vertiefen, mich an der Form und Farbe erfreuen, dabei wahre Glücksgefühle verspüren. Wahrscheinlich halten Sie mich jetzt für einen kauzigen Sonderling.« Er lächelte sie etwas unsicher an.

Zelia setzte sich zu ihm auf die Bank.

»Aber nein, ich bin selbst von Blüten total begeistert, sonst wäre ich nicht hier. Ich male und fotografiere hauptberuflich, und Blumen waren schon immer dankbare Motive«, erwiderte sie leise lachend. »Erzählen Sie mir etwas über die Geschichte des Gartens. Ich vermute, dass sie recht spannend ist.«

»Kann man wohl sagen, aber bitte unterbrechen Sie mich, wenn ich Sie langweile. Als Vita Sackville-West und ihr Mann Harold Nicolson Sissinghurst kauften, wurde sofort mit der Arbeit an Gebäuden und Garten begonnen. Die brachliegenden Felder mit den verfallenen Gebäuden ließen der Fantasie und kreativen Gestaltungsfreude der neuen Besitzer viel Spielraum.

Und Sie sehen, was daraus geworden ist. Traumhaft schön, nicht wahr?«

Zelia stimmte enthusiastisch zu.

Er fuhr fort: »Ich weiß nicht, wie viel Sie über Vita und Harold wissen, also sagen Sie einfach Stopp, wenn Ihnen das alles bekannt ist. Beide waren außergewöhnliche Menschen und sie haben zusammen diesen außergewöhnlichen Garten geschaffen.

Die enigmatische, androgyne Vita war eine Adlige, eine selbstbewusste Schriftstellerin, und einerseits als liebende Ehefrau, andererseits als lesbische Frau mit mehreren Affären bekannt, von denen Virginia Woolf die bekannteste war.

Harold hatte ebenfalls homosexuelle Affären. Es handelte sich vermutlich um eine Hassliebe der beiden. Einmal drohte Harold, er würde sich in der Themse ertränken, als Vita eine heiße Affäre mit Violet, einer früheren Schulfreundin, hatte. Die beiden Frauen lebten eine Zeit lang zusammen, Vita als Mann verkleidet. Eine wilde Zeit. Harold hatte derweil mit Männern Affären als Rache. Jedoch fanden die beiden immer wieder zueinander zurück.

Als Violet geheiratet hatte, wurde sie von Vita wieder verführt. Violets Ehemann Denys wurde von Vita abgrundtief gehasst. Am liebsten hätte sie ihn getötet.

Für die zwei Söhne Vitas und Harolds war es sicherlich nicht immer einfach. Sie lebten mit ihrer Nanny im Cottage.

Vita wurde gelegentlich mit D. H. Lawrences Lady Chatterly und ihrem Liebhaber in einer Person verglichen, eine großgewachsene, maskuline, wilde Person mit buschigen, dunklen Haaren und einer tiefen Stimme.

Ihre Affäre mit Virginia Woolf war einer der Höhepunkte in ihrem wahrhaft turbulenten Leben. Es war ein Riesenskandal. Vita brach die Beziehung ab, als sie merkte, wie verrückt Virginia war und sie Angst bekam. Später ertränkte sich Virginia nach schweren Depressionen.

Kennen Sie Virginias Buch ORLANDO? Es geht um jemanden, der ständig sein Geschlecht verwandelt, inspiriert von Vita.

Nach all ihren verrückten Eskapaden verließ Vita in ihren späteren Jahren kaum noch ihren Garten.«

Zelia hatte gebannt zugehört. Das klang alles wie ein irrer Roman. »Ja, ich habe von ORLANDO schon gehört, habe das Buch jedoch noch nicht gelesen. Das werde ich bestimmt bald nachholen.«

»Ich denke, jetzt sollten Sie noch eine Weile für sich in den Gärten herumwandern und die Düfte und Farben in sich aufsaugen. Hätten Sie in zwei Stunden Lust, mit mir Kaffee im Restaurant vorne zu trinken? Dann könnten wir noch weiter plaudern.«

Zelia willigte rasch ein und machte sich dann wieder auf den Weg durch die traumhaft schönen Gärten. Sie schlenderte zur violetten Rabatte, wo unterschiedliche Blütengrößen, -formen und -höhen eine üppige, bezaubernde Wildnis bildeten. Hohe Rosen und Lavendel wechselten sich ab mit Astern, Geranien und vielerlei anderen Blumen. Die gelben, apricotrosa und orangeroten Azaleen am Rasenweg vom Grabengang, die verschiedenen romantischen Statuen, der üppige Kräutergarten, Buschwindröschen, verschiedenfarbige Clematis, leuchtende Königskerzen waren nur einige der eindrucksvollen Blumenbeispiele, die sie faszinierten.

Sie konnte kaum aufhören zu fotografieren und nahm sich vor, ein spezielles Sissinghurst-Fotobuch zu kreieren. Zum Teil sollten die Bilder auch als Vorlage für ihre Malerei dienen.

Den hohen Backsteinturm, in dem Vita ihre Bücher geschrieben hatte, fand Zelia ungewöhnlich und magisch. In Vitas Turmzimmer hatte man die komplette Einrichtung unverändert gelassen, die Bücher in den Regalen, Bilder an den Wänden, diverse Dekogegenstände. Nur frische Blumen wurden regelmäßig von den Gärtnern in die Vasen gestellt. Zelia spürte die romantische Atmosphäre, sah sich jedes Detail genauestens an und fotografierte ohne Ende.

Als sie schließlich auf die Uhr schaute, waren die zwei Stunden schon fast um. Die Zeit war inmitten dieser fantastischen Atmosphäre viel zu schnell vergangen. Sie machte sich fast widerwillig auf den Weg zu dem Restaurant.

Der Gentleman wartete an einem kleinen runden Tisch schon auf sie, erhob und verbeugte sich und fragte leise: »Haben Sie das Gefühl, dass sich Ihr Besuch hier lohnt oder sind Sie enttäuscht?«

Zelia antwortete empört: »Da kann niemand enttäuscht sein. Es ist ein Traum.«

Er schmunzelte. »Wenn Sie möchten, erzähle ich Ihnen, während wir Kaffee trinken, etwas über mein Leben, in dem es tatsächlich gewisse Parallelen zu dem von Vita und Harold gibt. Dann müssen Sie mir aber auch über Ihr Leben erzählen, bitte.«

Zelia bemühte sich, sich ihr Erstaunen über seine Gesprächigkeit möglichst nicht anmerken zu lassen, denn der Mann sah gar nicht so aus wie ein Plappermaul oder Labersack.

»Ja, gerne. Ich bin gespannt, welche Parallelen Sie erlebt haben, Mr. Bancroft.«

»Ach, bitte nennen Sie mich Malcolm. Und wie heißen Sie?«

»Zelia Miller, also für Sie Zelia«, antwortete sie prompt.

»Haben Sie Familie, Kinder?«

»Nein, ich bin ganz allein, kein Mann, keine Kinder, keine Geschwister. Meine Eltern sind beide schon gestorben.«

»Ach Zelia, das tut mir leid, aber als Trost kann ich Ihnen sagen, dass es sich bei mir genauso verhält. Ich lebe allein in meinem großen Haus mit zwei Bediensteten, einem Gärtner und einer Haushälterin. Ich war 13 Jahre verheiratet mit einer Adligen, einer äußerst attraktiven Frau. Unsere Ehe blieb kinderlos. Dann stellte sich heraus, dass sie mich von Anfang an betrogen hatte, mit Frauen. Ich Trottel hatte es nicht gemerkt. Normalerweise denkt man sich ja auch nichts dabei, wenn die Ehefrau mit Freundinnen unterwegs ist. Tja, dabei hatte sie laufend heiße lesbische Affären. Sie gestand mir später, dass sie eigentlich bisexuell sei, aber ihre lesbische Seite hatte sich zunehmend durchgesetzt. Es war für mich ein Albtraum. Ich empfand nur noch Hass. Ein Gedicht von dem römischen Dichter Catullus traf voll auf meine Situation zu: *Odi et amo. Quare id faciam fortasse requiris. Nescio. Sed fieri sentio et excruciar.*

Falls Sie im Lateinischen nicht so fit sind: Ich hasse und ich liebe. Warum, fragst du vielleicht. Ich weiß es nicht. Aber ich fühle, es kreuzigt mich.

Das Gedicht bezog sich auf seine Hetäre Lesbia wegen ihrer Treulosigkeit. Sie sehen, die Gefühle der Menschen ändern sich nicht. Hass und Liebe wird es immer geben.

Vor zwei Jahren habe ich mich endgültig von dieser Frau getrennt. Ich konnte es nicht mehr ertragen. Sie hatte mich benutzt, um gesellschaftlich gut dazustehen und mich schließlich zum Gespött gemacht, denn jeder wusste anscheinend von ihren Affären. Nur ich war der Naive, der keine Ahnung hatte, der zum Tagesgespräch wurde. Im Gegensatz zu Harold fühlte ich mich nicht in der Lage, mich mit anderen Männern zu trösten. Vielleicht wäre es möglich gewesen, wenn ich homosexuelle Neigungen hätte. Aber ich bin total hetero. Nackte Männer turnen mich eher ab. Wahrscheinlich fragen Sie sich, warum ich mich nicht mit anderen Frauen tröstete. Ich hatte einfach keine Lust dazu.

Entschuldigen Sie, dass ich so offen über meine Lage spreche, aber ich habe seit langem nicht mehr das Gefühl gehabt, dass jemand wirklich zuhört und zumindest der Mimik nach Verständnis und Mitgefühl zeigt.«

Zelia merkte, wie sich ihre Augen mit Tränen füllten. Manchmal empfand sie ihre extreme Empathie direkt peinlich. Bestürzt gab sie ihm zu verstehen, dass er weitererzählen sollte.

Malcolm fuhr fort: »Das ist leider noch nicht alles. Vor einem Jahr stellte man bei mir Hodenkrebs fest. Eine OP war unumgänglich. Ich bin jetzt krebsfrei, aber meine Sexualfunktion ist so stark gestört, dass ich nicht mehr erektionsfähig bin. Vielleicht denken Sie jetzt, dass das in meinem Alter nicht so wichtig ist. Ich bin immerhin 59. Jedoch ist dem keineswegs so. Ich vermisse die Sexualität. Aber welche Frau wäre an einem Mann wie mir noch interessiert?«

Zelia konnte kaum glauben, welche Themen ihr Gespräch dominierten. »Meinen Sie, dass alle Frauen in der Penetration die Erfüllung sehen? Ihre lesbische Exfrau offensichtlich doch nicht. Es gibt ja andere Methoden, sich gegenseitig zu beglücken, mit Händen, Füßen, Nasen, Zungen zum Beispiel.« Sie merkte, wie sie errötete, als Malcolm sie erstaunt lächelnd ansah.

»Sie sind eine bemerkenswerte Frau, Zelia. Würden Sie mich mal in meinem Herrenhaus besuchen? Ich würde mich sehr freuen.«

Zelia überlegte. Sie hatte noch zwei Wochen Urlaub. Warum also sollte sie nicht auf sein Angebot eingehen? Er wirkte weder aufdringlich noch gefährlich. Und eine Vergewaltigung brauchte sie offensichtlich bestimmt nicht zu befürchten.

»Also, ich bin noch zwei Wochen in England und zeitlich total flexibel.«

Malcolm sah sie mit strahlenden Augen an und die Worte sprudelten nur so aus ihm heraus: »Das ist ja perfekt. Sie können bei mir wohnen, solange Sie wollen. Mein Personal steht Ihnen zur Verfügung. Sie sind frei zu kommen und gehen, wann Sie wollen. Normalerweise ist Spontanität nicht so mein Ding, aber bei Ihnen ist das anders. Nehmen Sie meinen Vorschlag an?«

Er blickte sie hoffnungsvoll an, wie ein Hund am Tisch, der hofft, dass ein Leckerbissen für ihn abfällt.

Zelia dachte kurz nach. Sollte sie sich auf dieses Abenteuer wirklich einlassen? Es sprach nichts dagegen. Sie war schon immer begeistert gewesen, wenn sie im Ausland von Einheimischen eingeladen wurde, und sie hatte nur positive Erfahrungen gemacht, bei Mormonen in Salt Lake City, bei Dänen, bei Australiern, bei Franzosen, bei Thailändern und anderen. In einem englischen Herrenhaus zu wohnen, wäre bestimmt ein tolles Erlebnis. Spontan sagte sie zu.

Die Reaktion haute sie beinahe um. Wie ein kleines Kind klatschte er in seine Hände, wippte in seinem Stuhl auf und ab, sang leise zu irgendeiner Melodie: »Happy, happy, happy!« Sie dachte schon, er würde noch hin und her hüpfen und laut Hurra schreien.

»Ich danke Ihnen so sehr!«, rief er schließlich aus. »Die letzten Monate habe ich wie ein Eremit gelebt, in einem leeren, traurigen Haus. Die Sissinghurst-Ausflüge waren meine einzige Abwechslung. Haben Sie nicht erwähnt, dass Sie auch malen? Ich habe ein Atelier, das leer steht, seit ich das Glück verloren habe. Es steht Ihnen komplett zur Verfügung. Ölfarben, Aquarellfarben, Pinsel, Staffelei, alles vorhanden.«

Zelia konnte ihren Ohren kaum trauen. Was für ein sensationelles Angebot.

»Wissen Sie was?«, fügte er hinzu. »Wenn Sie einverstanden sind, bringe ich Sie in meinem Wagen zu Ihrem Hotel, um Ihre Sachen zu holen, dann fahren wir zu Bancroft Mansion, meinem Zuhause.«

Verblüfft registrierte Zelia seine Eile, aber ihre schnelle Einwilligung entsprach ihrer Lebenseinstellung: *Carpe diem.*

Nachdem Malcolm den Kaffee und die Scones bezahlt hatte, machten sie sich auf den Weg zum Parkplatz, wo sein Wagen stand, ein silberner Rolls-Royce.

»Wow!«, Zelia konnte ihre Überraschung nicht verbergen. »Ich bin wirklich beeindruckt. In einem Rolls bin ich noch nie gefahren, obwohl ich jetzt auch schon 42 bin. Das wird ein ganz neues Gefühl sein.«

Malcolms Fahrstil empfand sie als angenehm, flott, aber nicht zu schnell. Ihr Sitz war äußerst bequem, sodass sie sich komplett entspannen konnte. Sie unterhielten sich über banale Dinge, das Wetter, die Straßenverhältnisse und die Landschaft. Als sie schließlich von der Straße abbogen und vor einem großen Tor hielten, war Zelia erstaunt, dass sie noch kein Haus sah, sondern nur hohe Bäume und Büsche. Nachdem das Tor sich geöffnet hatte, fuhren sie langsam die Allee entlang, bogen dann rechts ab, und dann sah sie es. Atemberaubend! Es erinnerte sie an ein französisches Schloss an der Loire, ein riesiges Gebäude mit vielen Türmchen und Erkern.

Malcolm hielt direkt vor dem Eingang, um sie aussteigen zu lassen. Eine grauhaarige Dame, vermutlich die Haushälterin, kam aus dem Haus, strahlte sie an und sprach: »Willkommen in Bancroft Mansion.«

Zelia musste automatisch an Downton Abbey denken. Solche Bediensteten gab es also tatsächlich noch in der heutigen Zeit.

»James, mein Gärtner, kommt gleich und bringt Ihr Gepäck hoch. Meine Haushälterin, Anne, zeigt Ihnen das Gästezimmer, das immer für spontane Besucher bereitsteht. Allerdings«, ergänzte er wehmütig, »steht es fast immer leer. Ich werde uns inzwischen ein paar Drinks machen.« Sein Lächeln wirkte überglücklich.

Das Gästezimmer im ersten Stock überraschte Zelia, denn es sah eher wie ein üppig ausgestattetes Wohnzimmer in einem Schloss aus, in dem zufällig noch ein großes Doppelbett stand. Antike Möbel, Gemälde mit klassischen Motiven, hübsche Blumenvorhänge, eine Bodenvase mit frischen Blumen, vielerlei Nippes vor Klassikern in einem Bücherregal, ein riesiger Spiegel mit Goldrahmen ergänzten sich perfekt zu einer harmonischen Wohlfühlatmosphäre. Der Blick aus dem Fenster in das beruhigende Grün der Parklandschaft trug noch zur positiven Stimmung bei.

James, ein gut aussehender Mann in seinen Sechzigern, brachte ihr Gepäck und wünschte ihr höflich einen angenehmen Aufenthalt.

»Sir Bancroft wartet unten in der Lounge auf Sie. Wollen Sie gleich mit mir hinuntergehen?«

Zelia nickte und folgte ihm nach unten. Sie konnte kaum ihren Augen trauen. Der gute Geschmack, die Ästhetik, die auserlesene Schönheit der gesamten Einrichtung beeindruckte sie zutiefst.

Malcolm bemerkte ihre Bewunderung. »Es freut mich, dass es dir gefällt.« Seine Stimme klang herzlich und vertraut. Er reichte ihr ein Cocktailglas, in dem kleine Erdbeer- und Himbeerstückchen schwammen. »Meine eigene Kreation, etwas Whiskey, etwas Sherry, etwas Soda und Beeren. Nicht zu stark, aber geschmacksintensiv. *Cheers!*«

»*Cheers!*«, erwiderte Zelia und nippte vorsichtig an dem Getränk, das zu ihrer Freude wirklich lecker schmeckte.

»Wenn du möchtest, zeige ich dir das Haus. Viele der Zimmer stehen allerdings zurzeit leer.«

»Oh ja, sehr gerne. Ich bin zum ersten Mal in einem englischen Herrenhaus.«

Sie tranken zunächst ihre Cocktails und machten sich dann auf den Weg. Zuerst wurden ihr die Kellerräume gezeigt, wo sich in früheren Zeiten außer Vorratskammern noch Küchenräume fürs Zerteilen großer Fleischstücke nach der Jagd und Schränke für riesige Behälter befunden hatten. Sie hörte gebannt zu, als Malcom ihr von der Geschichte des Hauses und seiner Ahnen erzählte. Er führte sie durch sämtliche Räume und zeigte ihr schließlich das Turmzimmer, das dem in Sissinghurst ähnelte.

»Hier ist das Atelier. Es steht zu deiner Verfügung.«

Zelia fand es unglaublich schön. Es war lichtdurchflutet, denn Malcolm hatte nachträglich viele kleine Fenster einbauen lassen. Die Einrichtung bestand aus einem bequem aussehenden großen Sofa, einem Ohrensessel, einem großen Tisch mit Malutensilien, zwei Staffeleien und einem Schrank. Über dem Sofa hing noch ein Bücherregal mit Kunstbüchern.

»Fantastisch!«, rief sie begeistert aus. »Hier wird die Kreativität beflügelt.«

»Wie schön, dass du so begeistert bist«, freute sich Malcolm.

»Ich bin völlig hingerissen«, entgegnete Zelia. »Es ist alles etwas unwirklich.«

»Nein, nein. Es ist ganz und gar real. Wenn Anne uns nachher ihre Kochkünste vorführt, wirst du davon überzeugt sein. Aber jetzt bringe ich dich erst einmal zu deinem Zimmer zurück, damit du dich etwas ausruhen kannst. Um 19.30 Uhr ertönt der Essensgong. Kommst du dann gleich herunter?« Er lächelte sie selig an.

»Ja natürlich, sehr gerne.« In ihrer Stimme schwang Freude und Begeisterung mit.

»Dann lass ich dich jetzt allein.« Malcolm schloss leise die Tür hinter sich.

Während des wahrhaft lukullischen Abendessens erzählte er ihr, dass er am nächsten Morgen für einige Tage nach London müsse. Sie solle es sich so bequem wie möglich machen. Das Personal würde gut für sie sorgen und sie dürfe jederzeit Wünsche äußern. Abends würde er täglich anrufen und sich erkundigen, wie es ihr ginge.

Gleich am nächsten Tag, nachdem er weggefahren war, ging sie zum Atelier im Turmzimmer. Sie nahm sich vor, in den nächsten Tagen ein paar kleinere Ölbilder und Aquarelle zu malen und außerdem in den Büchern im Regal zu stöbern. Zunächst wollte sie jedoch im Park und im Haus fotografieren. An Motiven fehlte es wahrhaftig nicht.

Als Malcolm abends anrief, berichtete sie voller Enthusiasmus.

»Wie schön!«, meinte er nur. Er hatte einen anstrengenden Tag mit Bankern und in Kunstgalerien verbracht. Morgen würde es genauso weitergehen. »Gute Nacht, meine Liebe. Ich hoffe, dein nächster Tag wird die gleiche Euphorie bei dir auslösen wie der heutige.«

Sie meinte, ein zufriedenes Schmunzeln in seiner Stimme zu hören.

Die nächsten Tage verliefen ähnlich wie der erste. Sie freute sich des Lebens. Was wollte sie mehr? Hier konnte sie in einem bezaubernden Ambiente ihren ganzen Hobbys nachgehen. Sie malte, sie fotografierte Pflanzen und Parkimpressionen, sie las Klassiker, sie ging im Park spazieren, meditierte unter Bäumen und genoss die Speisen, die Anne zu den Mahlzeiten zubereitete.

Bei Malcolms Rückkehr fühlte sie sich schon ganz zu Hause, was ihm keineswegs entging. Während des Abendessens fühlte sie, wie vertraut er ihr vorkam. Sie genoss seinen trockenen Humor, seine feine Ironie, gepaart mit seinem schier unendlichen Wissen. Die Unterhaltung mit ihm empfand sie als geistreich und amüsant. Sie konnte sich vorstellen, hier immer zu leben.

Als krönenden Abschluss des Abends kredenzte er edlen uralten Portwein, was sie unwillkürlich an P. G. Wodehouse erinnerte, an die vornehme englische Art, die in dessen Romanen humorvoll zum Ausdruck kam. Sie erzählte das Malcolm, woraufhin er in schallendes Gelächter ausbrach.

»Solange du mich nicht mit Bertie Wooster vergleichst, ist das in Ordnung.«

In der folgenden Woche begleitete sie Malcolm nach Sissinghurst. Er war an ihren tiefergehenden Eindrücken interessiert. Nach wie vor war ihre Begeisterung immens, vor allem auch, weil sie die Charaktere der früheren Besitzer, Vita und Harold, im Hinterkopf hatte.

Nach ihrer Rückkehr zu Malcolms Herrenhaus erzählte sie ihm, dass sie inzwischen mehrere Bilder, Aquarelle und Fotos fertiggestellt und im Turmzimmer aufgestellt hatte. Seine Begeisterung war überschwänglich.

»Ich werde für dich eine Vernissage organisieren, hier in Bancroft Mansion. Dein Talent muss belohnt werden. Die Einladungen werde ich morgen schreiben und verschicken. Du wirst staunen, wie viele wohlbetuchte und kunstinteressierte Menschen zu deiner Ausstellung kommen werden.«

Tatsächlich wurde die Ausstellung ein Riesenerfolg. Zelia konnte fast alle Bilder verkaufen. Als sie daran dachte, dass ihr Urlaub bald zu Ende ging, wurde sie traurig. Natürlich merkte Malcolm ihren Stimmungsumschwung.

Nach dem Abendessen am nächsten Tag nahm er sie zum ersten Mal in die Arme und fragte leise: »Könntest du dir vorstellen, hier bei mir ganz zu bleiben?«

Statt einer Antwort küsste sie ihn auf seine Lippen.

Wiedergeboren

Chayas Eltern waren vor vierzig Jahren von Indien nach England eingereist. Ihr Vater arbeitete als Taxifahrer und ihre Mutter als Näherin. Chaya war das einzige Kind und ihre Eltern taten zunächst alles, um ihr eine glückliche, erfolgreiche Zukunft zu ermöglichen.

Allerdings gab es ein gravierendes Problem mit ihrem Onkel, dem Bruder ihres Vaters, der ebenfalls in England ganz in ihrer Nähe lebte.

Als sie elf Jahre alt war, fing es an. Er hatte sie schon oft in die Stadt mitgenommen, um ihr schöne Sachen zu kaufen, und schließlich nahm er sie einmal mit zu sich nach Hause, wo er alleine lebte. Ihre Eltern hätten nicht im Traum Verdacht geschöpft. Er begann ganz harmlos, liebevoll über ihr Haar und ihr Gesicht zu streicheln. Danach liebkoste er ihre Schultern und ihre noch sehr mädchenhaften Brüste. Er war so lieb zu ihr, dass sie ihn einfach gewähren ließ. Natürlich wollte er mehr. Schließlich entkleidete er sie, wobei er seine Bewunderung für ihre makellose Haut äußerte und ständig wiederholte, wie schön sie sei. Sie musste ihm versprechen, niemals ihr gemeinsames Geheimnis jemanden zu verraten, denn sonst würde etwas Schreckliches passieren. Als er sie am ganzen Körper küsste, bereitete ihr das durchaus angenehme Gefühle. Dennoch spürte und wusste sie, dass das irgendwie falsch war. Nachdem er sich ausgezogen hatte und sie seine Erektion erblickte, erschrak sie schrecklich und schloss vor Angst die Augen. Dann penetrierte er sie. Sie weinte, sie schluchzte, sie schrie: »Nein, nein, nein! Das tut so weh!« Doch dann war es passiert. Er stöhnte vor Lust und ejakulierte auf ihren Bauch.

»Chaya, du gehörst nun mir. Unser wunderbares Geheimnis darf nie jemand erfahren. Ich werde dich so oft wie möglich zu mir holen, und du wirst sehen, dass unsere Liebe wachsen wird, dass du immer mehr Freude daran haben wirst.«

Das war jedoch keineswegs der Fall. Was wuchs, war ihr Ekel, ihre Wut, ihr Hass.

Erst zwei Jahre später, als sie schon auf der *Grammar School* war, beschloss sie, das Geheimnis zu lüften. Eines Abends erzählte sie es ihren Eltern.

Die Reaktion traf sie völlig unvorhersehbar. Ihre Eltern schrien sie gleichzeitig an: »Du Lügnerin, du schamloses Ding, du willst dich nur wichtig machen! Du bist böse, eine Schande für unsere Familie! Dein Onkel hat es immer nur gut mit dir gemeint. Niemals würde er dir etwas Böses antun. Geh sofort auf dein Zimmer!«

Es war klar, dass ihr Onkel alles abstreiten würde. Chaya war völlig verzweifelt und fasste schluchzend einen Entschluss.

Am nächsten Morgen stahl sie sich mit ein paar ihrer Sachen schon ganz früh aus dem Haus und machte sich auf den Weg zur Schule. Sie wartete vor dem Zimmer der Direktorin Ms Mason. Als diese endlich kam, bat Chaya sie weinend um ein Gespräch. Die Direktorin erkannte sofort, wie verzweifelt das Mädchen war und führte sie in ihr Zimmer.

Nachdem sie die ganze schreckliche Geschichte des Mädchens gehört hatte, war die Direktorin völlig schockiert und sagte: »Du musst nicht mehr nach Hause zurück. Ich werde gleich nachher das Jugendamt informieren. Eine Freundin von mir arbeitet dort und hat schon mehrfach vorübergehend Mädchen aufgenommen, die in ihren Familien missbraucht wurden. Ich denke, wir finden ganz schnell einen Platz in einem Internat für dich. Du bist so eine exzellente, begabte Schülerin, dass man dir ohne Probleme ein Stipendium gewähren wird.«

So veränderte sich Chayas Leben schlagartig. Alles klappte so, wie Ms Mason es vorhergesagt hatte. Zu ihrer Familie hatte sie keinerlei Kontakt mehr. Das Jugendamt hatte die Eltern informiert.

Ihre Schulleistungen entwickelten sich weiterhin hervorragend und aufgrund ihrer naturwissenschaftlichen Begabung bekam sie exzellente Noten. Nach ihrem sensationell guten Schulabschluss wurde sie an der Oxford Universität angenommen, wo sie erfolgreich Chemie und Biologie studierte.

Nach dem Studium bekam sie eine Stelle an einem renommierten College, wo sie wegen ihrer burschikosen Art sofort bei den Schülern und Schülerinnen äußerst beliebt war. Es gelang ihr, ihren Unterricht spannend, abwechslungsreich und lustig zu gestalten. Gute Resultate in den Prüfungen waren das Ergebnis.

Trotz all dieser Erfolge fühlte sie sich nicht richtig glücklich. Sie hatte zwei Probleme: Sie schlief äußerst schlecht und sie war lesbisch. Dass sie lesbisch war, konnte nicht geändert werden. Sie musste sich nur noch outen. Gegen ihre Schlaflosigkeit musste allerdings unbedingt etwas getan werden.

Als gläubige Hindu-Frau glaubte sie an Wiedergeburt, weshalb sie den Verdacht hegte, dass ihre Albträume mit ihrem früheren Leben etwas zu tun hatten. So beschloss sie, in London einen Brahmanen, einen Angehörigen der höchsten Priesterkaste, aufzusuchen, in der Hoffnung, er könne ihr vielleicht dadurch helfen, dass er sie in ihr früheres Leben zurückführte.

Der Brahmane empfing sie in einem tempelartigen hohen Raum und bat sie, in einem bequemen Sessel Platz zu nehmen.

»Erzähle mir, was dich veranlasst hat, zu mir zu kommen, Chaya.«

»Eigentlich geht es mir gut, mein Job bereitet mir viel Freude und ich habe liebe Kollegen und Freunde. Immer häufiger plagen mich jedoch nachts schreckliche Albträume. Ich höre Zuggeräusche und furchtbare Schreie. Meine Nerven sind dadurch extrem strapaziert, meine Leistungsfähigkeit ist eingeschränkt. Was kann ich dagegen tun?«

»Es ist möglich, dass du in deinem letzten Leben schwere Verfehlungen begangen und deshalb ein schlechtes Karma hast. Wenn du einverstanden bist, werde ich dich in dein früheres Leben zurückführen, damit du eine Erklärung für deine Albträume finden kannst. Vielleicht hilft dir das, um besser schlafen zu können.«

Obwohl Chaya Angst davor hatte, was sie entdecken würde, willigte sie ein.

Sie wurde in eine tiefe Trance versetzt. Es war für sie so, als ob sie in einer nebligen Landschaft säße. Alles um sie herum war zunächst verschwommen, aber allmählich wurde ihre Sicht klarer. Sie hörte in der Ferne dumpfe Geräusche, die langsam näher kamen. Es handelte sich um die Geräusche einer Dampflok und der Waggonräder. Immer deutlicher sah sie den Zug und erkannte nun auch viele Menschen auf einem Bahnsteig. Es schien, als würden sie von Männern in die Zugabteile getrieben. Dann hörte sie die entsetzlichen Schreie von Kindern, die sie in ihren Träumen so oft gehört hatte. Plötzlich wurde ihr klar, dass sie in ihrem früheren Leben einer dieser Männer gewesen war, ein blonder Nazi. Sie war an dem Transport von Juden beteiligt gewesen, die zu den Vernichtungslagern gebracht worden waren.

Während ihres Trancezustands erfuhr sie außerdem, dass sie, beziehungsweise er, mit einer hübschen blonden Frau verheiratet war und zwei blonde Kinder hatte.

Als der Brahmane sie wieder aus ihrer Trance holte, brach sie in Tränen aus.

»Jetzt weiß ich, dass ich in meinem früheren Leben schreckliche Dinge getan habe. Deshalb bin ich als indische lesbische Frau wiedergeboren. Aber ich werde alles dafür tun, um in diesem Leben ein gutes Karma zu erreichen.«

Der Brahmane sah sie ernst an. »Es war wichtig für dich, die Erkenntnis zu erlangen. Du wirst sehen, dass die Albträume nicht mehr kommen werden. Allerdings ist es gut möglich, dass die Folgen deines früheren bösen Handelns dein weiteres Leben begleiten werden, sei es durch psychische Probleme, Krankheiten oder Pech im Beruf. Du musst darauf gefasst sein.«

Mit diesen Worten verabschiedete sich der Brahmane von ihr und sie fuhr mit dem Zug zurück nach Hause.

Unterwegs rasten irre Gedanken durch ihren Kopf. Aus einem attraktiven, groß gewachsenen, blonden Mann mit Familie in ihrem früheren Leben war eine kleine, nicht besonders hübsche, lesbische Inderin im jetzigen Leben geworden. Sie musste aus ihrem Leben das Beste machen und beschloss, eine feste Partnerschaft mit einer Frau anzustreben.

Es erwies sich als schwierig, eine wirklich passende Partnerin zu finden. Mehrere Frauen, mit denen sie kurze sexuelle Abenteuer hatte, eigneten sich absolut nicht für feste Beziehungen. Schließlich lernte sie eine hübsche junge Frau, Carol, kennen, die einen Pub betrieb, der recht erfolgreich lief. Die Beziehung mit Carol entwickelte sich wirklich positiv und bald fuhr sie jedes Wochenende zu ihr, verbrachte dort wunderbare Tage, überzeugt davon, dass Carol endlich die Richtige war.

Nach etwa einem Jahr, als sie wieder ein Wochenende in der Wohnung über dem Pub verbrachte, war sie schon früh ins Bett gegangen, da sie eine extrem anstrengende Woche hinter sich hatte. Als sie gegen 1 Uhr aufwachte, bemerkte sie, dass das Bett an ihrer Seite leer war. So spät kam Carol normalerweise nicht ins Bett. Hoffentlich war ihr nichts passiert.

Sie beschloss, in den Pub hinunterzugehen, um nachzusehen. Aus der Küche kamen merkwürdige Geräusche. Es klang wie Grunzen und Ächzen. Der Anblick, der sich ihr in der Küche bot, ließ ihre Welt zusammenbrechen. Carol lag mit einem Mann auf dem Teppich, der auf der einen Seite der Küche ausgelegt war. Die beiden hatten ganz eindeutig Sex, und zwar einvernehmlich. Carol schien es zu genießen, den Penis des Mannes in sich zu haben.

Chaya rannte zur Toilette, um sich zu übergeben. Es war grauenhaft.

Nach dieser Beziehung war Chaya so traumatisiert, dass sie sich nur noch mit kurzen Affären zufrieden gab. Sie dachte wiederholt an die Worte des Brahmanen: *Die Folgen deines früheren bösen Handelns werden dein weiteres Leben begleiten.*

Was um alles in der Welt würde ihr noch alles passieren?

Sie beschloss, nun ganz für ihren Beruf zu leben, genoss ihre Erfolge, freute sich über ihre Schüler, verbrachte schöne Abende mit Freunden und war glücklich über jeden Tag, an dem nichts Böses oder Schlimmes geschah.

Die Jahre vergingen in einer gewissen Harmonie und dennoch war sie sich immer bewusst, dass es wieder geschehen könnte.

Kurz nach ihrem 40. Geburtstag bekam sie die Diagnose, dass sie langsam aber sicher wegen einer seltenen Augenkrankheit erblinden würde. Es ging also weiter.

Sie verlor jedoch nicht den Mut. Solange es möglich war, würde sie mit voller Kraft weiterarbeiten. Und dann? Man würde »sehen«.

TILL HERING

Der Kampf ums Glück

Schrieb einst ein wohlgelehrter Narr
Von Tugenden und Ehre
Sodann im übernächsten Jahr
Gefangen in Misere.

Für jene, die noch Stetigkeit
Und Halt im Leben suchen
So singt ihnen von Müßigkeit
Von fesselnder Benommenheit
Solch' Weg sie bald verfluchen.

Die Freien ohne Freiheit eint
Ein mutlos graues Königreich
Nur wer beherzt ins Leben springt
Mit bunten Farben sich umringt
Wird Lebensglück zu sehn vermögen
Und achtsam auf sein Inn'res hören
Doch Obacht, wer in Lüfte geht
Im Farbenstrudel hinwegschwebt
Im Scheine nur noch Freiheit kennt
Dem Teufel nicht die Seele schenkt
Doch fortan lässt dann machtlos lenken
Trieb Geist und materielles Denken.

Im Kampf mit jenem Teufel dann
Vereinnahmt für ein Leben lang
Das Lebensglück so frei gefunden
Bewahrt zwar, jedoch fest verbunden
Mit Last des Kampfes ew'gen Währens
Der Preis für Freiheit jenes Lebens.

Von diesem Kampf wird Ruh' gegeben
Wem Neugier und nach Weisheit streben
Im Gegensatz zu seinesgleichen
So umfänglich zu eigen reichen
Dass nicht zu hastig, nicht zu leise
Sich, eben in des Geistes Weise
Nüchtern, klar und frei der List
Zu maßvoll nicht erfassbar' Frist
Dem schlummernd' Herz zu Hilfe eilt.

In Einigkeit dem Glück verbunden
Sich aufbäumt gegen jene Wunden
Dem Lichte endlich zugewandt
Liegt dieses Schwert in sichr'er Hand
Die Pforte, die der Teufel nutzte
Damit die Kraft des Herzens stutze
Es wägt ihm machtlos innehaltend
Ihm friedlich wachsam gegenhaltend
Wird diese Kraft ihn überwinden
Und diese Seele ihm entschwinden.
Ein Schmerz, den nur erkennt, wer fällt
Sei's aus dem Himmel oder der Welt.

Gewandelt durch die Kraft der Einheit
Sind Herz und Geist zum Kampf bereit
Gerichtet gegen jene Kraft
Die machtlos selbst ist und nur schafft
Die eig'nen Wunden zu verbinden
Wenn engelsstrahlend Licht verblasst.

Des Schwertes Licht lässt ihn erstarren
Gespiegelt ihm sein eig'nes Leid
Für ewig hier wird er verharren
Verbrannte Flügel nun sein Kleid
Die Maske fällt in seine Hände
Barmherzigkeit er nun erfährt
Wie Freiheit ihrer sich behände
Die Seele IHM Geleit gewährt

Das alte Glück kehrt niemals wieder
Doch neues schafft im Augenblick
Der Geist mit Dienern seiner Sinne
Und Herz vereint, ihr Kind das Glück.

Des Dämons Geschenk

In dunkelster Nacht, kurz vor Morgengraun
Entsprang mir ein wahrlich seltsamer Traum.
Das zarte Licht schon des Tages ersehnend
Ich just Zeit und Raum urplötzlich entschwebend
Spürte ich für einen kurzen Moment
Bevor mein Blick auf die beiden sich senkt
Das wird hier gefährlich, ist's irdisch so schon
Kein Zaudern, nicht Anmut führt nunmehr zum Thron.

Im Silber verblassend entschwundenen Mondlichts
Nur kurz nun bestimmt nicht zum Kampf ihres Gleichnis'
Vereint doch entzweit, sich langsam umschlungen
Die ält're der jüng'ren der Wunden entsungen
Die Haare tiefschwarz sowie ihre Augen
Kein Lächeln ihr Wunder kann ihnen mehr rauben
Verhüllt in Gewänder gefallener Krieger
Solch wen'ge die kannten die alten Lieder
Verneige mich tief, senk im Geist ein Knie nieder
Erkenn doch an beiden die meinen wieder.

Es trifft wie ein Schlag, als ich plötzlich im Antlitz
Noch rechtzeitig erkenn der Begegnung Bewandtnis
Nicht gleich jenen ewig während' Momenten
Die Einstweiln im Schlafe beliebig kann lenken
Wer sich Herz und Geistes Wohle besonnen
Stets behüt' und geleitet dem Traum bald entkommen
Folgt rasch jetzt Erkenntnis beim Anblick der Fraun
Was es ist, gilt's ergründen, jedoch ist es kein Traum.

Gefahr nicht allein der Begegnung zu eigen
Als ich eintrete, sie mir die Köpfe zuneigen
Für nur Flucht weltlich Zeit es mir zögernd erscheint
Sie ehren mich Grüße, die jüng're gar weint
Ihre Tränen ich küsste, als wir UNS noch erlebten
Meine Lippen benetzten, den müden Geist bald belebten
Diese Gabe sie mir hoffend noch damit geschenkt
Ihr solch Opfer verloren, eig'ne Flut es ertränkt.

Meine Sehnsucht nach Gaben dieser hier fremden Welt
Entzieht mir Erkenntnis, die mich in anderer hält
Mit Geste der Hand ich der ält'ren ersinnend
Nicht frei des Respekts, jedoch gleichsam bestimmend
Sich achtsam, doch stetig nun zu erheben
Durch den Raum dann zu schreiten, an meine Seite begeben
Um gleich jener Welt, die uns einst zu eigen
Auch hier nun im Zauber des Anfangs verweilen
Zuerst ihre Augen mich daraufhin meiden
Beim Erheben jedoch die meinen ergreifen
Dieser Blick, mir vertraut, zeigt mein eigenes Leiden
Sie einst wusste mit tastenden Worten zu heilen
Ihre letzte verbliebene zu gebende Gabe
Nun verschenkt zum Preise des Glückes Pfade
Ob ihr wägend mein Leben im Sinne stand
Ihr Verluste und Schmerz jener jüng'ren anhand
Bleibt zur Wahrung für immer nur ihr nun ergeben
Doch allen Geschenk auf den weiteren Wegen.

ROLAND HOLZMAIR

Der eigenwillige Wassertropfen

Wie kommt der Tropfen – noch so klein
in die verschloss'ne Flasche rein?

Wo ist der her – wo geht er hin?
Weiß nicht genau – er steckt halt drin.

Steht hier am Tisch und wartet still,
bis das geschieht, was **er** gern will.

Ohne die Freunde ringsumher
ist die bunte Flasche leer,

nur zusammen – nicht allein –
werden sie auch sichtbar sein.

Ein jeder Einzelne kommt von weit
und bei keinem zählt die Zeit,
ob am Morgen oder spät,
ganz egal, wie viel vergeht.

Ein Tropfen – ohne Kopf und Hirn –
hat auch mal die Form von einer Birn',
schwebt in der Luft – im Dunst verloren
und verflüssigt sich im Meer,
verharrt im Eis stets tiefgefroren,
wo kommt denn dieser Tropfen her?

Natürlich weiß heut' jedes Kind,
dass die Sonn' aufs Wasser scheint,
durch ihre Wärme ihn entnimmt
in dicken Wolken weich vereint.

Später, wird das G'wicht enorm,
und mit Donner, Blitz und Regen
oder auch in anderer Form
kommt von oben der feuchte Segen.

Ob es Felder überschwemmt,
vielleicht sogar ein Feuer hemmt
oder schmilzt im heißen Brei
ist dem Nass ganz einerlei.

Doch unser Tropfen – in der Flasche –
hält nichts von der großen Masse,
will, dass er sich selber lenkt.
Ist besonders, denn **er denkt:**

Wär doch so schön, es zu erleben,
Teil sein von 'nem Sonnenschein,
oder fröhlich frei zu schweben
in das Abendrot hinein.

Einmal lila – später gelb,
des Regenbogens Farben gleich,
flieg mit dem Wind rund um die Welt
und schau mir an das Himmelreich.

Tauch mit Freunden tief im Meer
– salzig schmeckt es auf der Zunge,
schwimm den Fischen hinterher,
brauch zum Atmen keine Lunge.

In den Bergen liegt noch Schnee,
beginnt bereits ins Tal zu fließen,
bin dabei von dieser Höh',
den wilden Ritt voll zu genießen.

Huiiii – den Wasserfall hinunter,
stürz kopfüber in den See,
durch die Kälte wieder munter,
seh am Ufer ich ein Reh.

Tiere brauchen auch mal Wasser,
später kommt es hinten raus,
Menschen trifft's da auch nicht besser,
machen's aber meist zu Haus.

Ja, so geht es ständig weiter
und das Leb'n nimmt seinen Lauf.
Oftmals garstig – dann auch heiter –,
schwimm doch lieber obenauf!

Nur das Problem von derer G'schicht,
in klugen, weisen Büchern drin,
Tropfen, die denken, gibt's gar nicht –
macht dann alles noch an Sinn??

Weshalb denn ständig nur das glauben,
was die Gscheit'n hab'n geschrieben?
Es ist an der Zeit, mir zu erlauben,
meine **eigne** Welt zu lieben.

Denn zu viel Grübeln bringt nur Leid.
Schau ich mir an so manche Leut',
dann wird mir klar, es ist jetzt Zeit –
ich muss was tun – und das noch heut'.

Gelangweilt aus der Flasche schauen –
dabei kommt mir schnell das Grauen,
nichts für mich –, das ist gewiss,
weil ich das »Draußen« so vermiss.

Und so richt' ich die Gedanken
an meine schöne weite Welt.
Immer fröhlich, ohne Schranken,
was **ich** glaub, das ist, was zählt!

Eine G'stalt kommt – und sie nimmt
uns're Flasche in die Hand,
schüttelt kräftig – und bestimmt
spritzt's ihr heftig aufs Gewand!

Ich mach an Hechtsprung auf die Seite,
spring in die Spüle mit Geschick,
such im Rohr dann schnell das Weite.
Mensch, was hab ich für a Glück!

So – jetzt kann ich das erleben,
wovon immer ich geträumt,
geht auch manchmal was daneben,
glaub ans Gute, lieber Freund!

Wo komm ich her,
wo geh ich hin?
Ist mir egal – ich weiß –
ICH BIN!

JIAFENG JI

Frühlingserde

Die Abendsonne streichelt sie wieder
Sodass wilde Gräser wuchern können
Aus Frühlingserde blick ich himmelwärts
Sehe weder mich selbst noch Gott
Nur diese Welt
Sie offenbart sich mir
Ich habe nur diese Welt
Ich gehöre ihr
Sie ist ich

Vogelschwarm

Ein Vogelschwarm
Fliegt über mich hinweg
Haben sie gesungen?
Sie sangen nicht
Doch ich hörte es
Schwarz streift vergilbtes Weiß
Klarer Ruf hallt wider
Bis eine Feder
Schwer auf mein Gesicht fällt
Ich öffne die Augen
Hebe das Buch auf,
Das tot neben dem Kissen liegt

Bücherdurst

Ein paar Bücher in der Tasche
Nie zuvor so schwer gewesen
Ich bete zu Regenwald und Vulkan
Daraufhin in meiner Tasche
Starker Regen fällt
Und Lava breitet sich aus.

Die Wärme durchdringt mein Herz
Wie in Erwartung von Befreiung
Die Poren gefüllt mit Seufzen
Das Papier riecht wie Brei

Ich kenne keine Scham
Bin voller Schlamm
Mit ungestilltem Hunger
Wage den nächsten Atemzug
Bis zum Treffen mit dem Vollmond

Immergrün

Tür geschlossen, Tür mit Echo
Ich lass den Efeu wachsen
Ein Lächeln erschien und schwand
Ihr Gesicht, ein Mythos, ein Tauziehen

Silbermond, lautlos wie ein Kuss
So sah ich sie tanzen
Dichterin mit einem Messer, im rohen Juli
Verbannt, zur Insel zu werden

Sanft meine einzige Elegie
Immergrün ihre Spuren ins Meer

KRISTINA MIT K.

Endlich wieder verde

Es tröpfelt, es taut.
Ein Vogel bereits ein Nest baut.

Mit den wärmenden Sonnenstrahlen
fließt ein kleines Rinnsal in den nahe gelegenen Fluss.

In der Erde erblickt man bereits erste Schneeglöckchen.
So weiß wie einst die Schneeflöckchen.

Doch bald schon erblüht der erste Krokus.
Was für ein Genuss!

So langsam ist alles endlich wieder verde.
Schön, dass es bald richtig Frühjahr werde.

Frühjahr

Poch, poch, klopf, klopf.
Wer ist schon alles da?

Inzwischen ist es wieder richtig Frühjahr.
Die Kirsche ist bereits in weiß erblüht
und sich in jeder einzelnen Blüte ein Insekt abmüht.

Es ist auch wieder deutlich länger hell.
Und alles sprießt und wächst richtig schnell.

Vögel pfeifen in verschiedensten Melodien.
Auch sie wollen das Frühjahr willkommen heißen.
Erste Schwalben bereits am Himmel kreisen.

Jetzt sind bald alle wieder da.
Willkommen zurück bei uns im schönen Frühjahr!

Ein Baum

Für manchen mag auf den ersten Blick
ein Baum nur ein Baum sein.

Aber für viele Tiere ist er ein Traum:
Er bietet eine Nahrungsquelle,
eine Behausung oder ein Versteck.

Ohne Bäume wäre auch jegliches Leben weg.
Denn er spendet viel frischen Sauerstoff,
ist ein beliebter Rohstoff, der nachwächst.

Und selbst das Totholz lebt!

Denn wenn man erst mal versteht,
dass dort Pilze wachsen
und Insekten übernachten
und leben,
an die die meisten erst mal nicht gleich dachten.

Es gibt so viel über Bäume zu erzählen,
und jeder kann bestimmt
seinen Lieblingsbaum für sich auswählen.

O Apfelbaum

O Apfelbaum.
Du bist ein Traum!

Wie du so wächst in der Wiese.
Wenn es länger nicht regnet,
ich dich nicht einmal gieße.

Im Frühling ich deine wunderschöne Blütenpracht genieße.

Dann allmählich kleine Äpfel sprießen,
die nach und nach größer werden.

Ist es heiß, so ist es unter deiner Krone schön schattig.

Werden die Blätter im Wind bewegt,
eine tolle Atmosphäre darunter entsteht.

Man könnte sich stundenlang
unter dem Apfelbaum aufhalten.
Doch wenn die Luft wieder erkaltet,
so wird bald die Apfelernte eingeleitet.

Und man sich dann am leckeren Obst erfreut.
Bis man hoffentlich im nächsten Jahr
wieder so viel ernten kann erneut.

Frankenland

Im Frankenland gibt es viel zu sehen.
Man braucht nur einmal in die Natur hinauszugehen.

Hügel, kleine Berge, viele Wälder,
dazwischen ragen Felsen, dann wieder Täler.

Mitten durch die Landschaft schlängelt sich ein Fluss.
Blühende Wiesen laden ein, ein Picknick zu genießen,
gerade so viele schöne Blumen sprießen.

Im Frühjahr duften auch die Streuobstwiesen herrlich.
Ja, sie blühen gar nicht spärlich.

Und sind die Bienen wieder fleißig,
dann kann man sich im Herbst am leckeren Obst erfreuen.

Außerdem sind im Sommer viele Tiere draußen
auf der Weide oder im Gehege.
Dadurch so manches Tier die Natur aktiv mit pflege.

Somit sieht die Landschaft idyllisch aus
und lockt selbst die Stadtmenschen aufs Land hinaus.

LIESELOTTE LEHNIG

Gedanken über das Telefon

Das Telefon, ja, ein Gegenstand, den wir uns aus unserem Leben nicht wegdenken können, und wer jung ist, kann sich nicht vorstellen, wie ein Leben ohne dies überhaupt hat funktionieren können. Wer aber hat dieses Wunderding erfunden und wann?

Am 26. Oktober 1861 zeigte der Physiklehrer Phillipp Reis erstmals einen neuen Apparat. Er nannte das Ding Telefon. Damit konnte mit elektrischem Strom Sprache in die Ferne übertragen werden. Zum Beweis, dass die Worte korrekt ankommen, wählte er den lustigen Text: »Das Pferd frisst keinen Gurkensalat.« Allerdings war eine wechselseitige Unterhaltung damit nicht möglich. Er experimentierte fleißig weiter an seiner Erfindung, erlebte aber den Erfolg nicht mehr.

Unabhängig von Reis erfand der Italiener Antonio Meucci die elektrische Übertragung von Sprache, meldete 1871 seine Erfindung zum Patent an. Die Registrierung aber hätte Geld gekostet und das fehlte ihm einfach.

Schließlich entwickelte der schottische Taubstummenlehrer Alexander Graham Bell nach Reis' Tod dessen Apparat weiter und meldete seinen Telefonapparat erfolgreich zum Patent an. Er war schneller als sein Konkurrent Elisha Gray, denn sein Antrag kam genau zwei Stunden vor dessen Antrag am Patentamt an. So galt also Bell offiziell als Erfinder des Telefons. Das manifestierte sich zum Beispiel in der niederländischen Sprache so, dass man dort nicht telefoniert, sondern »bellt«! Immer wieder schütteln nicht aufgeklärte Deutsche den Kopf, wenn an einer Praxis steht: *Niet bellen, binnenkomen!*

Soweit die Information, was die Erfindung selbst betrifft,

aber bis eine Erfindung beim Volke ankommt, das konnte in früheren Zeiten sehr lange dauern. In meinen ersten Lebensjahren war das Wort Telefon trotz meines schnell wachsenden Wortschatzes unbekannt. Wir besaßen kein Telefon, wir kannten auch niemanden , der eines besaß, das heißt es existierte für mich nicht. Allerdings wurde durchaus Sprache elektrisch von weither in unser Wohnzimmer übertragen. Wir hatten ein Radio, einen Volksempfänger. Weil ich schon als Kind alles untersuchen wollte, stellte ich fest, dass man ihn hinten aufschrauben konnte. Dort sah ich runde Dinger. Mein Vater sagte, dass das Röhren seien, und da sah und hörte ich auch den Lautsprecher, den man an der Vorderseite mit einem Knopf laut und leise stellen konnte. Wir hörten Nachrichten und natürlich Sherlock Holmes, seine aufregenden Krimis. Ich erinnere mich, dass ich fasziniert war, dass da jemand zu uns sprach, der gar nicht bei uns im Zimmer war, sondern sehr weit weg. Wo die Radiostation war, konnte man vorne lesen und wie weit weg, versuchte ich mithilfe eines Atlas zu finden. Am schönsten fand ich Grenoble. Mama erklärte, dass das Wort mit offenem O gesprochen wird und machte es vor. Ich sprach es andächtig immer wieder leise vor mich hin. Schließlich wurde auch erfunden, wie man Filme oder Bilder auf ein Gerät zu Hause übertragen konnte, also es gab Fernseher. Da ich aber keinen kannte, der so etwas besaß, wusste ich auch nichts von deren Existenz.

Nun zurück zum Telefon. Das brauchten wir eigentlich nicht wirklich. Die meisten Freunde und Verwandten wohnten in der Nähe. Die anderen besuchte man zu bestimmten Anlässen oder schrieb Ansichtskarten oder Briefe. Nur eines Tages, ich weiß weder warum, noch mit wem mein Vater telefonieren musste, erfuhr ich, dass in der Stadt, also im Zentrum unserer Kleinstadt, in der Post ein Telefon existierte. Ich wollte unbedingt mit und zum Glück durfte ich meinen Vater begleiten.

Da saß an einem Schalter eine Frau, also ein Fräulein, denn Frauen waren verheiratet und arbeiteten nicht zu der Zeit. Dort musste mein Vater ein Formular ausfüllen. Aus dem Brief, den er von zu Hause mitgenommen hatte, übertrug er irgendetwas und schrieb auch noch einiges von sich dazu. Das reichte er dann der Postangestellten. Jetzt sollten wir in eine Art Zelle gehen, also in die sogenannte Telefonzelle und dort warten. Wenn die Verbindung hergestellt wäre, würde das Gespräch durchgestellt, sagte die Frau. Wir warteten recht lange. Dann klingelte es in einem Kasten an der Wand und mein Vater nahm das Ding, das an einem Haken an dem Kasten hing, und hielt das eine Ende ans Ohr und so, dass das andere Ende ungefähr in der Nähe des Mundes war.

Offensichtlich hatte jemand etwas zu ihm gesagt, denn er nickte, antwortete und bewegte die freie Hand, wie er es zu Hause beim Reden tat. Das fand ich seltsam, denn da war außer mir ja niemand bei uns. Mein Vater verhielt sich, als wäre der Gesprächspartner mit in der Zelle. Dann verabschiedete er sich, ähnlich, wie er es auch tat, wenn er auf der Straße mit jemandem geredet hatte, so natürlich, als wäre der Gesprächspartner leibhaftig anwesend. Nur seinen Hut nahm er nicht hoch, wie er es sonst immer tat.

Dem Umstand, dass wir kein Telefon besaßen, ist es auch zuzuschreiben, dass ich meine Tonzillen in meinem betagten Alter noch immer besitze. Meine Eltern beschlossen eines Tages, die Dinger müssten wegen der häufigen Infekte entfernt werden. So machten wir uns auf den Weg zu dem einzigen HNO-Arzt unseres Ortes. An der Praxis angekommen, überraschte uns ein an der Tür angebrachter Karton mit der Information, dass der Doktor in Urlaub und die Praxis deshalb geschlossen sei. Das konnten meine Eltern natürlich nicht wissen, denn in der Zeitung hat es nicht gestanden oder wir hatten es übersehen und für Stadtgerüchte standen aufregendere Themen zur Verfügung. Heutzutage würde man telefonisch einen Termin vereinbaren. Nur wir hatten eben kein Telefon. Ich weiß nicht den Grund, aber meine Mandeln gerieten bei meinen Erziehungsberechtigten einfach in Vergessenheit, was ich wirklich nicht bedauere.

Dann aber, ich besuchte schon das Gymnasium, bekamen wir ein Telefon. Es war weinrot, passend zum Läufer in der Diele. Grün wäre auch möglich gewesen, aber meine Mutter, die für Geschmacksfragen zuständig war, entschied sich für weinrot. Es stand auf einem kleinen Tisch aus Mahagoni. Zur Zierde hatte sie auch noch einen passenden Überzug aus Brokat erworben, um so das Plastikgehäuse zu verbergen. Es schaute nur die runde Wählscheibe mit den Zahlen heraus und zwei Gabeln, auf denen der Hörer ruhte.

Wir waren mächtig stolz. Ein paar Verwandte hatten auch ein Telefon und so konnte man Wichtiges direkt mitteilen und musste keinen Brief schreiben. Einfach nur so zu telefonieren, nur um zu plaudern, kam nicht infrage, denn neben der Grundgebühr kostete jeder Anruf Geld und je länger, desto mehr.

Eines Tages klingelte morgens um sieben Uhr unser Apparat. Wir saßen beim Frühstück und eilten alle vier fast gleichzeitig in die Diele, denn zu dieser ungewöhnlichen Zeit konnte nur etwas Schlimmes geschehen sein. Mein Bruder war der Schnellste. Wir konnten nicht verstehen, was die Person am anderen Ende der Leitung zu meinem Bruder sagte, aber er antwortete ziemlich aufgebracht und ärgerlich: »Nein, bei uns bekommen sie kein Frühstück.« Er warf den Hörer auf die Gabel und sagte entrüstet: »Da wollte doch jemand bei uns ein Frühstück für 9 Uhr bestellen. Der hat se nicht alle!«

Dieses seltsame Ereignis sollte sich aufklären, nachdem sich in größeren Abständen Ähnliches wiederholte. Unsere Telefonnummer war bis auf die letzten zwei Ziffern identisch mit der eines Hotels im Ort, nur die beiden letzten Ziffern waren verdreht, also 31 statt 13. So kam es immer mal wieder zur Verwechslung. Wir hatten mittlerweile ein paar lustige Antworten auf Lager. Meine Eltern beschwerten sich bei der Post und so bekamen wir eine neue Nummer. Der morgendliche Spaß war damit zu Ende.

Eines Tages gab es ganz in der Nähe eine Telefonzelle, schalldicht, damit man außen nicht zuhören konnte. Das kann sich ein jugendlicher Handybenutzer kaum vorstellen. Da ich langsam in das Alter kam, wo man familiäre Zuhörer als unpassend und äußerst lästig empfand, war dies für mich eine wunderbare Möglichkeit zum heimlichen Telefonieren. Leider bremste mich das sehr beschränkte Taschengeld immer wieder aus. Man musste während des Gesprächs immer Münzen in den Schlitz stecken, ja, und wenn die letzte Münze nach unten durchrutschte, war das Gespräch zu Ende. Das waren Zeiten!

Als dann 1992 das mobile Telefonieren seinen Siegeszug antrat, wären heimliche Gespräche noch einfacher gewesen, für mich allerdings noch nicht nutzbar. Die ersten Handys wogen 500 Gramm, hatten eine Akkuleistung von 120 Minuten und kosteten 3000 DM. Die Grundgebühr lag bei 70 DM pro Monat und die Minutenpreise lagen knapp unter 2 DM.

Am Anfang gab es einfach trotz Nachfrage zu wenig Geräte zu kaufen. Das änderte sich aber sehr schnell: Motorola, Ericsson, Nokia, Siemens u.a. stiegen ins Geschäft ein. Damit sanken auch die Preise.

Ein neuer Dienst machte die Handys noch attraktiver: SMS, also *short messages,* mit 160 Zeichen. Dieser Service wurde in Windeseile bekannt und von den Verbrauchern angenommen. Sogar der Duden nahm das Wort »simsen« in den Wortschatz auf. 1999 besaßen 48 Millionen in Deutschland ein Handy.

2023 gab es 161 Mobilfunkanschlüsse in unserem Land, also pro Kopf im Durchschnitt zwei pro Person.

Mittlerweile gibt es eine Flatrate und man kann damit so oft telefonieren, wie man möchte. Wer was daran verdient und was und wer sich da auf diesem Markt alles tummelt, interessiert hier nicht. Aber dadurch, dass das Handy nun für jedermann erschwinglich ist, hat dies auch so manche kuriosen Erscheinungen zur Folge.

Da sah ich neulich vier Menschen in einem Restaurant an einem Tisch sitzen. Sie warteten offensichtlich auf ihr bestelltes Essen. Alle vier schauten tippend sehr konzentriert jeweils auf ihr eigenes Handy. Am Rhein bei herrlichem Sonnenschein ging ein Pärchen nebeneinander her, jeder mit seinem Handy beschäftigt. Ich könnte so fortfahren.

Ich benutze WhatsApp und finde es ausgesprochen praktisch. Es ist für mich eine Art Telefonieren in Zeitlupe, besonders, wenn man Sprachnachrichten benutzt. Man muss nicht parat stehen, kann lesen oder hören, wann man will und auch antworten. Natürlich geht auch schon mal eine Nachricht zur nicht gemeinten Person ab, aber in meinem Alter ist das nicht mehr peinlich, sondern nur noch komisch. Ich war manchmal sehr froh, zusätzlich zu meinem analogen Telefon auch noch ein Handy zu haben. Neulich benötigte ich den Service der Telekom, da mein Router wegen einer Störung das Telefonieren verhinderte. Wenn früher der eigene Apparat streikte, musste man dann Nachbarn um Hilfe bitten.

Es gibt immer mehr Menschen, die gar kein analoges Telefon mehr besitzen, und das ist schade. Die mobile Nummer ist anonym, die analoge verrät die Stadt, oft auch den Stadtteil. Meine Nummer ist wie meine Adresse seit vielen Jahren dieselbe, und ich benutze sie natürlich ausschließlich zu Hause. Die Frage, ob ich zu Hause bin, erübrigt sich von selbst. Fragt einer dies beim mobilen Telefonat, ist jede Antwort möglich und eine Überprüfung des Wahrheitsgehalts unmöglich. Es ist gekennzeichnet von Unverbindlichkeit und auch von möglichem Betrug, weil die Ermittlung von betrügerischen Anrufen ins Leere läuft, da die Handynummer längst gelöscht ist. Ein Trend unserer Zeit: Profile in Partnerbörsen, Äußerungen in den sozialen Netzwerken, Fotos in den Medien, und neuerdings wird dies durch den Einsatz von KI noch getoppt. Ob ein Politiker wirklich einen eigenen Text spricht oder seine geklonte Stimme und das benutzte Video ihn irgendeinen anderen Text sprechen lässt, niemand kann es wissen oder überprüfen.

Trotz einer toll nutzbaren Erfindung der Wissenschaft wie unser Telefon, die unseren geographischen und zeitlichen Rahmen möglicher Kommunikation unvorstellbar erweitert hat, ist damit auch der geographische und zeitliche Rahmen für möglichen Betrug unvorstellbar erweitert. Allerdings ist eine Erfindung weder gut noch böse, denn die Ethik beschäftigt sich nur mit dem Handeln des Menschen, also mit dem, wozu wir eine Erfindung benutzen. Der Pessimist neigt dazu, zu sagen, früher war alles besser! Doch der wunderbare Text in dem Lied »Früher war alles besser« von Saltatio Mortis , bringt es auf den Punkt:

> »Lass das Gestern endlich ruhen
> Trinkt auf eine bessere Zeit
> Hoch die Tassen, lasst uns feiern
> Früher ist seit heute tot
> Nichts war damals wirklich besser
> Wer das glaubt
> Ist ein Idiot«

DANIEL MANN

Sandkorn. Gedichte aus sechs Jahrzehnten (Leseprobe)

Einsames Bekenntnis

Ich war verzweifelt auf der Suche
Nach einer Liebe,
Tief wie der Ozean,
Rein wie ein Bergbach.
Mit der Zeit hat
Die Verzweiflung nachgelassen,
Doch ich kontrolliere noch jeden Tag
Die Tiefe des Ozeans
Und die Reinheit des Bergquells
Und befinde die Wasser
Für zu flach
Und zu schmutzig.

18. Januar 1982

Traum-Welt

Ich habe einen Traum
Der findet
In dieser Welt
Keinen Platz
Somit
Stehe ich
Vor der Wahl
Entweder
Meinem Traum zu folgen
Oder
Dieser
Welt.

Januar 1982

Antwort auf die ständige Anfrage

Im Namen der Würmer:
Kriecht!
Kriecht und windet euch und
Hinterlasst eure Schleimspur
Auf dem endlosen Weg durch
Die Einöde der Zeit.
Krümmt euch in der Hitze des Tages,
Erfriert in der Nacht unter dem
Boshaften Funkeln der Sterne
Und bezahlt euer Leben
Mit dem Tode
Oder mit dem Leben,
Aber hört endlich auf,
Mir Fragen zu stellen.

18. Januar 1982

Jugendliches Solo oder mein Halbkreis

Das Herz
Weiß nicht
Wofür es schlagen soll.

Der Kopf
Ist ein kosmisches Echolot
Seine Impulse vermögen
Nur noch Formalitäten
Zu überführen.

Die Gedanken
Senkrechtstarter ins Universum
Veranstalten endlose Wettrennen
Dabei könnten sie sich Zeit lassen
Da die ohnehin unbekannten Empfänger
Garantiert ihre Annahme verweigern würden.

06. März 1982

An meine Mutter

O Bild von Wärme, Harmonie,
Geborgenheit und Licht,
In dem mein Leben
Zerrissen sich bricht.

Ein Körper waren wir einst,
Als ich dein Zentrum noch begriff;
Heute bin ich allein und das,
Was der Wind aus mir schliff.

In deinen Augen sehe ich
Der Melancholie trockene Tränen
Und die Gewichte der Schwermut,
Die auch mich so oft lähmen.

Ein Gefühl steigt in mir auf,
Das keine Rede kennt,
Das, wenn du mir ganz nahe bist,
Meine Worte zu Asche verbrennt.

23. April 1982

Mein Bruder und ich

Mein Bruder und ich,
Wir ergänzen uns:
Ich bin der einzelgängerische
Heckenschütze
Und lege auf mich selbst
An.
Mein Bruder schießt
Auf den Rest.

(Am Ende werden wir beide
Womöglich noch
Gelöchert
Wie Schweizer Käse
Auf der Strecke
Bleiben.)

09. Mai 1982

MARIANNE ODOK

Tokyo 1983

Sie wälzt sich am Boden auf der Yogamatte, links und rechts, rechts und links. Ihr Rücken schmerzt. Sie hatte wie eine Hypnotisierte das Buch von Haruki Murakami gelesen, das sie sich aus der Bibliothek geliehen hatte. »Wenn der Wind singt« und »Pinball 1973«. Auf dem Klappentext las sie, dass diese zwei ersten Romane erst 2015 ins Deutsche übersetzt wurden, weil Murakami sich lange von diesen Werken distanziert hatte. Sie las über seine Jugenderinnerungen in Kobe. Der Hafen, Mount Rokko, die Villas an den Hügeln, das Meer, die alten Fabrikgebäude, die Läden, die Bar, wo er sich fast täglich mit seinem Freund Ratte trifft, sie erinnerte sich an das Jahr in Kobe.

1983 hatte sie während der Sommersemesterferien ihren Freund in Tokyo besucht, der sich drei Monate vorher als Mitarbeiter einer Bank dort niedergelassen hatte. Sie trat ein in eine neue Welt, eine exotische Welt, eine Welt, wo sie kein Wort verstand, die Schrift nicht lesen konnte, sie war eine Analphabetin, obwohl sie zu Hause ein Studium zur Übersetzerin absolvierte. Für die Ausländer waren alle wichtigen Namen von Straßen, Warenhäusern, Hotels und Restaurants in *Romaji* angeschrieben.

Sie erinnerte sich an die Busfahrt vom Tokyo International Airport Narita in die Innenstadt, an ihren Freund, der sich seltsam kühl benahm. Nach drei Monaten der Trennung wusste sie nicht so recht, was das bedeuten sollte. Hatte er in der Zwischenzeit eine japanische Freundin gefunden? Er erklärte ihr, dass es in Japan nicht zum guten Ton gehörte, sich in der

Öffentlichkeit zu küssen. Im Hotelzimmer fielen sie übereinander her.

Die Bank hatte kurz darauf für ihren Freund eine moderne Wohnung in Roppongi gemietet. Sie half ihm bei der Möblierung der Wohnung, es war eine kleine Zweizimmerwohnung mit einer winzigen Küche und einem winzigen Badezimmer. In dieser Wohnung entschieden sie sich, zu heiraten. Eigentlich war es auf dem schmalen Balkon, der über dem Swimming Pool lag. Sie hatte die Wahl: Entweder sie kehrte zurück und beendete ihr Studium (und damit auch die Beziehung) oder sie entschied sich für die Ehe. Die Liebe war damals wichtiger.

Sie horchten auf die Geräusche der Großstadt, die wie Meeresrauschen über die Gebäude schwappten. Ab und zu hörten sie die Lautsprecher der Nationalisten, die durch die Straßen fuhren, manchmal die des Süßkartoffelverkäufers in den Quartierstraßen. Gegenüber lag eine alte Villa, die nicht mehr bewohnt war. Dort soll sich einst die Philippinische Botschaft befunden haben. Ab und zu hörte man abends Geräusche aus dem Garten hinter der hohen Mauer, die mit Eisenspitzen bewehrt war. Das große Eingangstor war mit Brettern vernagelt. An einem milden Sommerabend, als sie gerade auf dem Balkon saßen, knallte es ein paar Mal links und rechts um ihre Köpfe. Von da an saßen sie nie mehr abends auf dem schmalen Balkon. Der kleine gusseiserne *Hibachi,* auf dem sie ein paar Mal ihr Nachtessen über den Briketts gebraten hatten, wurde nicht mehr gebraucht. Er überlebte noch 40 Jahre als Souvenir, bis er halb vom Rost zerfressen entsorgt wurde.

Immer wieder erlebten sie größere und kleinere Erdbeben. Manchmal klirrte das Geschirr im Schrank. Sie erhielten von der Hausverwaltung eine Broschüre in Englisch, wie man sich im

Falle eines Erdbebens verhalten sollte. Unter den Expats hatte es sich herumgesprochen, dass die Badezimmertür ein sicherer Ort sei, wenn das Gebäude einstürzte. Oder unter einem Esstisch. Es gab ein paar stärkere Beben, die auch Bücher aus dem Regal schüttelten. Als sie an einer Neujahrsparty bei kanadischen Freunden eingeladen waren, fiel ein Sumo-Schwert von der Wand und Gegenstände fielen aus dem Regal gleich neben ihnen. Einmal war sie alleine in der Sauna im vierten Untergeschoss, als die Erde bebte. In der Sauna gab es Tage, die für die Frauen reserviert waren. Sie packte sofort ihre sieben Sachen zusammen und ging unverzüglich zu Fuß die Treppen hoch, der Aufzug durfte in einem solchen Fall nicht benutzt werden. Sie stellte sich vor, das Haus wäre über ihr zusammengestürzt und sie wäre im vierten Untergeschoss nackt mit dem glühenden Sauna-Ofen unter den Trümmern begraben. Als sie schon in der großen Wohnung in Minami Aoyama wohnten, hörten sie eines Abends, wie ein Rauschen über die Stadt fegte und sehr schnell näher kam, so als ob ein Jumbo Jet auf dem Dach landen würde. Dann gab es einen Knall und einen Ruck durch das Gebäude. Es war ein mittleres Erdbeben.

Das Büro, wo ihr Freund arbeitete, war im Zentrum unweit des Hibiya Parks und des Kaiserpalastes gelegen. Als sie ihn einmal abholte von der Arbeit, nahm sie wie immer den Aufzug in das 10. Stockwerk. Als sie aus dem Aufzug stieg, war sie etwas irritiert. Sie ging den Korridor entlang und suchte die Eingangstür des Büros, überall sah sie nur weiße Wände. Plötzlich wurde die Wand zur Seite geschoben und dahinter war die Tür zum Büro. Saito-San trat aus der Tür und winkte ihr zu, hereinzukommen. Saito-San war eine elegante ältere Dame, immer im Kimono gekleidet und sorgfältig frisiert. Sie machte keine Büroarbeiten, das machten die jüngeren Sekretärinnen. Sie war eine wichtige

Persönlichkeit, die vor den Staatsbeamten stilsicher auftreten konnte und somit eine diplomatische Vermittlerrolle innehatte. Dann erklärte man ihr, dass es exakt in der Zeit, als sie im Aufzug fuhr, ein mittleres Erdbeben gegeben hatte. In den modernen Hochhäusern von Tokyo hatte man diese Sicherheitswände aus Stahl eingebaut, die im Falle eines Bebens die Mauern verstärkten und automatisch ausgelöst wurden.

Mit dem Entscheid, zu heiraten, kam auch der Abschied von ihrem Freund. Sie hatten auf der Schweizer Botschaft ihr Ehegesuch angemeldet. Sie musste also zurück in die Schweiz fliegen, um ihre Wohnung zu kündigen und zu räumen, und die Schule über den Austritt zu informieren. Der Flug dauerte ungefähr 24 Stunden, über Seoul, New Delhi und Riad. Die koreanischen Gastarbeiter, die mit Korean Airlines nach Saudiarabien flogen, rauchten wie Schornsteine in der Kabine. Nach einem Monat würde sie zurückfliegen nach Tokyo, mit Korean Airlines, wo es die billigsten Tickets gab für diese Strecke.

Als sie sich im November auf dem Kreisbüro von Minato-ku die offizielle Heiratsurkunde aushändigen ließen, wurden sie zuerst zum Schalter 1 und dann zum Schalter 4 beordert. Dort drückte man den Stempel auf das Dokument, dann ging man an die Kasse und bezahlte die Gebühren. Das war's. Nun waren sie Mann und Frau.

Sie hatte mehrere Bücher über die japanische Gesellschaft gelesen, bevor sie nach Japan gereist war und hatte versucht, sich in die Mentalität hineinzuversetzen. Es gelang ihr nur rudimentär. Sie verstand nun die äußeren Strukturen, die dieses Volk zusammenhielten. Als sie 1983 das erste Mal nach Tokyo gereist war, hatte sie sehr schnell die Vorzüge dieser Gesellschaft erkannt.

Als *Gaijin* wurde man zwar nicht in die Gesellschaft integriert, man führte ein Parallelleben. Man hatte aber alle Vorzüge einer modernen Metropole mit einem perfekten U-Bahnnetz, perfekten Warenhäusern, perfekten Restaurants und perfekten Dienstleistungen. Alles war aufs Äußerste reguliert, man wusste immer, woran man war. Niemand fiel auf in der Masse, niemand schrie, niemand ließ Abfall liegen, niemand ging bei Rot über die Straße. Das wäre sowieso zu gefährlich gewesen, weil die japanischen Autofahrer bekannt dafür waren, keine Rücksicht auf Fußgänger zu nehmen. Drogenkonsum war absolut tabu und wenn jemand dabei erwischt wurde, gab es harte Strafen. Es gab nur sehr seltene Kontakte mit Einheimischen. Die *Gaijin* waren ein notwendiges Übel. Sie sahen anders aus, sie tönten anders, lauter, sie nahmen mehr Platz ein, wenn man neben ihnen in der U-Bahn stand, sie überragten die Einheimischen. Nur diejenigen Leute, die bereits im Ausland gelebt hatten, waren offen für einen persönlichen Austausch. Sehr viel später hörte sie von ihrer japanischen Freundin, dass Japaner, die im Ausland gelebt und gearbeitet hatten, als Abtrünnige angesehen wurden. Sie waren kontaminiert von einer anderen Kultur. Also sagte man am besten niemandem, dass man mal in Zürich, London oder New York gelebt hatte.

Jay's Bar

Der Ich-Erzähler von »Wenn der Wind singt« besucht jeden Abend Jay's Bar. Jay ist ein in Japan geborener Chinese. Obwohl die Japaner einen ausgeprägten Nationalstolz besitzen, werden Chinesen als gleichwertig angesehen. Nicht, dass man ihnen gleich einen japanischen Pass aushändigen würde, aber kulturell fühlen sich die Japaner verwandt mit ihnen. Die

Schriftzeichen *Kanji* sind ursprünglich chinesisch. Auch werden die Philosophen, Schriftsteller, Maler und Kalligraphen als Vorbilder angesehen. In Jay's Bar treffen sich der Ich-Erzähler und sein Freund Ratte praktisch jeden Abend. Sie trinken viel Bier und rauchen, was das Zeug hält. Jay schaut dafür, dass die Gäste immer alle zufrieden sind und frittiert jederzeit Pommes Frites, die er frisch zubereitet. Der Ich-Erzähler und Ratte sind sich so ähnlich, dass man bald den Eindruck bekommt, dass es sich um ein Alter Ego handelt. Ratte darf sich ärgern und schimpfen über die reichen Leute. Es stellt sich heraus, dass er ein Einzelkind aus einer reichen Familie ist und dem Nichtstun frönt. Er weiß nicht, was er mit sich anstellen sollte. Er hat keine blasse Ahnung, was er will. Er trinkt viel, er raucht viel und geht bei jeder Gelegenheit mit einer Frau ins Bett. Irgendwann entschließt er sich, Schriftsteller zu werden. Der Ich-Erzähler studiert in Tokyo und ist nur während der Semesterferien zu Hause in Kobe.

In Tokyo gab es damals ein reges Nachtleben. Die *Sararimen,* wie die Angestellten genannt wurden, gingen jeden Abend nach der Arbeit in die Bars, vergnügten sich mit Hostessen (so wurden die Animierdamen genannt), tranken Champagner zu überrissenen Preisen, aßen und kotzten, bevor sie den letzten Zug nach Hause in die Vororte von Tokyo nahmen. In Japan wurde man nicht abschätzig behandelt, wenn man betrunken war. Es war ein Ventil, das die Männer nach einem anstrengenden Tag brauchten. In den Büros herrschte eine strenge Hierarchie von oben nach unten, man hatte kaum Kollegen auf der gleichen Stufe, und man musste im Büro ausharren, bis der Chef nach Hause ging. Das Betrunkensein war ein anderer Bewusstseinszustand, der nicht geächtet wurde. Die Frauen waren so konditioniert, dass sie sich dem Mann unterordneten. Natürlich konnten die Frauen den ganzen Tag hindurch tun und lassen, was sie wollten, solange es den gesellschaftlichen Regeln entsprach und sie die Kinder zum Lernen anhielten. Dazu gehörte auch, dass die meisten verheirateten Frauen ein eigenes Bankkonto besaßen, das sie vor dem Mann geheim hielten. Das war ihre Altersvorsorge, über die nur sie verfügten. So konnten sie sich überlegen, sich scheiden zu lassen, wenn der Ehemann nach der Pensionierung wie ein überflüssiges Möbel in der Wohnung herumsaß und die Kinder ausgezogen waren. Die Frau verwaltete das Geld der Familie und der Mann bekam sein Taschengeld. Die Kinder wurden in den ersten paar Jahren ihres Lebens wie kleine Götter behandelt, weil jeder wusste, was mit dem Eintritt in die Schule auf sie wartete. Damals gab es sehr wenige Paare, die sich auf natürlichem Wege begegneten und sich verliebten. Das normale Vorgehen bei einer Ehe war die Vermittlung zwischen Mann und Frau, ob dies von einer Ehevermittlerin, der Familie oder dem Arbeitgeber ausging. Mit der Verheiratung musste die Frau gezwungenermaßen ihre Stelle aufgeben.

Pinball 1973

In diesem zweiten Roman von Murakami wird die krankhafte Beziehung zwischen dem Ich-Erzähler und einem Flipperkasten beschrieben. Als dieser eines Tages aus der Spielhalle verschwindet, weil der Betrieb eingestellt wird und einem Donut-Shop weichen muss, erlebt der Ich-Erzähler eine spannende Odyssee auf der Suche nach »seinem Space Ship«, welches in einer surrealen Umgebung in einer ehemaligen Kühlhalle einer außer Betrieb gestellten Hühnerfarm vor sich hin blinkt, zusammen mit 71 anderen Flipperkästen.

In Murakamis Roman kommen surrealistische Zwillinge vor,

die aus dem Nichts plötzlich in der Wohnung des Ich-Erzählers auftauchen. Er weiß nicht, wann und woher sie gekommen sind, sie sind eines Morgens einfach da, links und rechts von ihm in seinem Bett. Sie sehen so ähnlich aus, dass er sie nicht unterscheiden kann. Sie machen alles miteinander, sie schlafen mit ihm, sie kochen Kaffee für ihn, sie gehen mit ihm spazieren, sie sprechen mit ihm, aber sie haben keinen Namen. Sie teilen ihm mit, dass er selber einen Namen wählen könne. Er ist zwar leicht irritiert darüber, aber er ist zufrieden damit, dass jeder Zwilling ein Sweatshirt trägt, das eine Nummer trägt, 208 und 209. Sie hätten diese von einem Warenhaus geschenkt bekommen als Willkommensgeschenk, sie waren also die 208. und die 209. Besucherinnen gewesen. Es war das einzige Kleidungsstück, außer ihren Jeans, das sie besaßen. Die Zwillinge waren wie Gespenster im Leben des Ich-Erzählers aufgetaucht, sie blieben eine Zeit lang bei ihm und dann verabschiedeten sie sich wieder. Alles war surreal. Sie stellte sich vor, dass es bereits 207 andere Klone dieser Mädchen gab, die irgendwo in einem Labor auf ihren Einsatz gewartet hatten.

In ihrer Erinnerung hörte sie die piepsenden, brummenden Geräusche, die aus den Pachinko Parlours in Roppongi auf die Straße krochen und sich auf dem Asphalt verteilten. In diesen Spielhallen verzockten die Angestellten ihre Löhne. Wenn sie keine Kügelchen mehr hatten, rissen sie sich aus der hypnotisierenden Umgebung und eilten auf die nächste U-Bahn-Station oder in die nächste Bar. Roppongi war das Quartier der internationalen Lokale, wo sich die meisten Expats vergnügten. In den Bars sah man vor allem westliche Männer, amerikanische Models und junge japanische Frauen, die nichts gegen ein Abenteuer hatten. Auch ältere Männer waren durchaus gerne gesehen. Die Japanerinnen galten als sehr aufgeschlossen.

Schnee in Tokyo

Im Februar 1984 fiel so viel Schnee in Tokyo, dass ein totales Chaos auf den Straßen herrschte. Kein Autofahrer hatte Winterreifen am Auto, die Taxis schlichen im Schritttempo durch die Straßen und dort, wo sonst tausende Menschen gingen, herrschte eine totale Stille. Die Restaurant- und Ladenbesitzer spritzten den Eingangsbereich mit Wasser frei, damit der Schnee die Besucher nicht daran hinderte, ins Innere zu kommen. Frauen mit Stöckelschuhen, dünnen Nylonstrümpfen und zu leichter Kleidung froren in diesen Tagen, wenn sie ihre Büros verlassen hatten. Die Stadt Tokyo hatte keine Schneepflüge, um der weißen Pracht Herr zu werden. Tokyo war für ein paar Tage eine Oase der Ruhe. So musste es früher gewesen sein, vor hundert Jahren.

MANFRED PITTERNA

Sigrid

Es waren einmal ein Mann und eine Frau, die konnten sich in der Zeit des Wirtschaftswunders eine Existenz aufbauen und wünschten sich Kinder. Schließlich, nach langen Jahren des Wartens, bekamen sie eine Tochter, die sie Sigrid nannten. Sigrid war weder so schön, dass sie an einer Misswahl hätte teilnehmen können, was ihr auch nie in den Sinn kam, noch von solchem Angesicht und Habitus, dass man sie hätte für einen Mann halten können. Von Anfang an mangelte es ihr weder an Liebe und Zuneigung noch an Speise und Kleidung. Ihre Sozialisierung erfolgte, da ihre Eltern keine weiteren Kinder bekamen, unter Fremden, nicht durch Geschwister; sie wuchs als Einzelkind auf.

Und dann war Sigrid erwachsen; eine junge Frau, die gut aussah und die manchen männlichen Verehrer hatte. Keine Habenichtse, durchaus solche mit Geld, die ihr ein gutes Leben ohne finanzielle Sorgen geboten hätten. Doch das kümmerte Sigrid nicht sonderlich. Jeder, der sie gern geheiratet hätte, merkte das früher oder später; und hätte es sofort gewusst, wenn es Menschen möglich wäre, in das Herz seiner Mitmenschen zu sehen. Denn im Herzen von Sigrid sah es aus wie in einem katholischen Diözesanmuseum, untergebracht in einer Kathedrale – bevor die Zeit der reichen Goldausstattung anbrach. Mitten in dem kalten, nüchternen Raum des Herzens stand wie eine fast übergroße Heiligenfigur Sigrids »ICH«, dem gehuldigt wurde. – Und das sagt nun alles.

Irgendwann in den letzten Jahren hatte Sigrid – so betonte sie es oft – »zum Glauben an Jesus gefunden«. Ihre Umgebung glaubte ihr; sie konnte bekanntlich nicht in Sigrids Herz sehen und erkennen, dass dort keine Veränderung stattfand. Nie stattgefunden hatte. Es versteht sich, dass sie seither Mitglied einer christlichen Freikirche war; in dieser »brachte sie sich ein«, wie sie betonte. Dort lernte sie die Bibel sehr gut kennen und lehrte selbst im gemeindeeigenen Frauenkreis. Phöbe, Dienerin der Versammlung in Kenchreä, der Paulus die römischen Christen anbefahl, setzte sich bei Sigrid als Vorbild fest. Bald sah sie sich als Dienerin ihrer Gemeinde. – Und diente doch nur ihrem religiösen »ICH«. In ihrem Unverständnis für den Sündenfall setzte sich bei ihr aber auch der Gedanke fest, sie sei »die bessere Eva« gewesen. Sie glaubte fest daran, dass sie an Evas Stelle nicht so leicht verführbar gewesen sei. Und mit allen – auch Frauen in der Frauenkreisrunde – hatte sie manche Auseinandersetzung zu diesem Punkt.

Nun wollen wir hören, ob das so blieb.

Neben dem Gottesdienst an jedem Sonntagvormittag mit Sonntagsschule für die Kinder der Gemeindemitglieder gab es Dienstagabend Gebetskreis und Mittwochabend Lehrstunde. Frauenkreis war jeden zweiten Samstagnachmittag. Als nun Sigrid an einem Samstagnachmittag die Leitung hatte – es war ein besonderer Samstag, an dem wegen einer Gastsprecherin auch mehr Frauen anwesend waren als sonst –, gab es durch die Gastsprecherin am Ende für jede der Anwesenden ein besonderes »Wort«, wie im Vorfeld angekündigt. Zu Sigrid sagte sie: »Ich sehe einen großen strahlenden Engel zu dir kommen. Er wird dich Dinge lehren, die dir helfen werden, noch mehr von Gottes Wort zu verstehen. Er ist zu dir gesandt, dich noch tiefer in das Wort Gottes einzuführen.«

Alle, die es hörten, freuten sich; das ist in diesen Kreisen so.

Es war nur einige Stunden später. Sigrid war zu Hause und dachte über das Wort der Gastsprecherin nach; dabei betete sie. Da meinte sie, eine Vision zu haben, aber es war keine. Es stand plötzlich wirklich eine Lichtgestalt bei ihr im Raum und sprach sie an. Die Stimme wies den Engel als männlich aus, als er sprach. Sigrid, die zuvor nie eine Erscheinung welcher Art auch immer gehabt hatte und nicht die Gabe der Geisterunterscheidung besaß, war in ehrfürchtiger Erwartungshaltung.

»Ich bin zu dir gesandt worden, Sigrid, dich Verständnis zu lehren und dir Einsicht zu geben. Gott weiß wohl, wie du ihm bis zu dieser Stunde gedient hast. Du sollst es in Zukunft noch mehr tun, darum ist es erforderlich, dass du Verständnis und Einsicht mehrst. Du wirst aber wissen, dass man danach streben muss, diese zu erlangen. Strebst du danach, Sigrid?«

»Ja«, sagte die in derlei Gesprächen völlig Unerfahrene.

»Siehe, Gott weiß, dass du treu bist und Standhaftigkeit besitzt. Diese aber muss, wie du sicher weißt, ausgehalten werden, bis man stirbt. Und wie du wohl auch weißt, geht weiterem Verständnis und weiterer Einsicht die Prüfung von Treue und Standhaftigkeit voraus.«

Sigrid nickte stumm.

»So zeige ich dir jetzt das Paradies, woraus Adam und sein Weib vertrieben wurden.«

Es erstand vor Sigrids Augen. Es war so herrlich, dass alle menschliche Darstellung und Vorstellung davon verblasste. Das, geschätzte Leserin, geneigter Leser, kannst du mir glauben. Sigrid sah das Bild und war in seinem Bann gefangen.

»Du darfst das Paradies auch betreten«, sagte der Engel. »Versuche es. Ich bin zwar einer der Engel, die beauftragt wurden, mit dem Flammenschwert den Zugang zu bewachen, aber dir ist es gegeben, nicht allein das Paradies zu sehen, sondern auch es zu betreten und vom ›Baum des Lebens‹ zu essen. Gott weiß wohl, du wirst ihn erkennen.«

Sigrid machte ein, zwei Schritte vorwärts – und stand im Paradies. Sie bewunderte die Pflanzen, wie sich die Tiere, die sie sah, vertrugen und einander nicht fraßen, und schließlich ließ sie ihren Blick umherschweifen. Sie suchte mit den Augen den »Baum des Lebens«. Als sie ihn meinte ausgemacht zu haben, steuerte sie zielsicher darauf zu, pflückte eine Frucht und biss mit Genuss hinein. Augenblicklich verschwand das Paradies, Sigrid stand im Halbdunkel, denn es war mittlerweile recht spät geworden, und die angebissene Frucht in ihrer Hand war zu etwas Undefinierbarem geworden, schwarzbraun und übel riechend. Auch der Engel war wie die »Frucht« erhalten geblieben. Doch auch er hatte sein Aussehen verändert; er war keine strahlende Lichtgestalt mehr, wirkte um vieles kleiner als zuvor, eine abstoßend wirkende Erscheinung; unbeschreiblich abstoßend – und er lachte widerlich und schadenfroh.

»Du eitle, dumme Gans! Jesus kenne ich wohl, von den Aposteln und Paulus wusste ich, als sie ihrem Herrn dienten, aber wer bist du? Phöbe, Dienerin der Versammlung in Kenchreä? Meinst du, dein Glaube ist anders gestaltet, als es der von Adams Weib war? Dass du nicht so leicht verführbar bist? Ha! Es ging so leicht und schnell wie bei Adams Weib, deren wahre Tochter du bist!«

Und der Engel, der eigentlich der Teufel war, verschwand so plötzlich, wie er gekommen war.

Sigrid aber hatte »die Frucht«, dieses stinkende Etwas, fallen gelassen, stand betroffen mit kreidebleichem Gesicht allein im Dunklen in ihrer Wohnung und murmelte immer wiederholend: »Ich habe gesündigt, ich habe gesündigt, ich habe gesündigt …«

Und es kam ihr der Text des Hebräerbriefes in den Sinn, wo es heißt, dass die, welche Gottes Kraft und Herrlichkeit »geschmeckt haben« und sich abwenden, zur Buße nicht erneuerbar sind. Und sie begann zu verzweifeln und warf sich schluchzend zu Boden. Doch – hatte sie Gottes Kraft und Herrlichkeit wirklich schon geschmeckt? Unser himmlischer Vater, der allein in jedes Menschenherz sehen kann, weiß es.

Der fliegende weiße Stein

Es war einmal ein Mann, der in einer Großstadt lebte. Dort gab es nicht nur viel privaten Verkehr, sondern auch ein ausgebautes öffentliches Verkehrsnetz mit Straßenbahnen, U-Bahnen und Bussen. Dieser Mann fühlte sich jung und im besten Alter; tatsächlich befand er sich auch in etwa der Mitte seines Lebens, wenn man von der durchschnittlichen Lebenserwartung in seiner Familie ausging. Viele Dinge hatte er bereits erlebt und manches war gut gewesen, manches auch nicht. Letzteres aber diente, wenn man es so gelten lassen will, dazu, ihn gegen das Böse zu impfen, also immun zu machen. Seinen Mitmenschen mochte er als gleichgültig, einmütig, ja als phlegmatisch gelten, doch das war er nicht. Er war nur in der Vergangenheit in Gottes Schule gegangen und hatte seine Lektionen gelernt, die er zu lernen hatte. Er verstand es besser als früher, sich führen zu lassen, nicht sofort aus der eigenen Kraft zu handeln.

Es begab sich nun eines Tages, dass er nach einer traumlosen Nacht in den Morgen langsam erwachte. Da begab es sich in dem Zwischenstadium zwischen Wachen und Schlafen, dass er doch noch in einen Traum verfiel. – Oder war es gar kein Traum?

An sich war er im Begriff aufzustehen, da er sich für wach und ausgeschlafen hielt. War er das wirklich? Da hatte er den Eindruck, dass jemand, der sich nicht in seinem Blickfeld befand, einen weißen Stein auf ihn warf. Er sah also den Werfer nicht, er sah den Stein nicht, und dennoch war ihm wenigstens die Hand des Werfers zu seiner Rechten bewusst und den »weißen Stein« fühlte er. Er fühlte sich auf der linken Brusthälfte davon getroffen, und das mit solcher Wucht, dass er auf sein Bett zurückfiel. Wo die innere Gewissheit herkam, dass es sich um einen weißen Stein handelte, wusste er nicht. Er war sich nur sicher, dass es ein solcher war.

Bis er danach aufstand, war in seinem Empfinden ganz gewiss länger als in der Realität. Dennoch: Dass ein »weißer Stein« auf ihn geworfen worden war, war nicht allein für ihn Realität. Wie sehr es Realität war und kein Traumgespinst, sollte er noch erfahren. Zunächst aber dachte er spontan, dass geschrieben steht:

> *»Wer ein Ohr hat, höre, was der Geist … sagt: … ich werde ihm einen weißen Stein geben und, auf dem Stein geschrieben, einen neuen Namen, den niemand kennt, als wer ihn empfängt.«*

Bald hatte er dieses ungewöhnliche Morgenerlebnis im Trubel des Alltags vergessen, wie das bei denen, die da glauben, in der Regel der Fall ist. Der Werfer des weißen Steins hatte sich aber etwas dabei gedacht, als er den Stein geworfen hatte und hatte zur bestimmten Zeit die nächste Botschaft für den Beworfenen bereit. Und diesmal träumte der Mann wirklich; es war einige Zeit seit dem Steinwurf vergangen.

Er fuhr im Traum mit einer Hochbahn, wie U-Bahnlinien streckenweise als Hochbahnen geführt sind. Er sah aus dem Wagenfenster, die Bahn brachte ihn in ein Stadtviertel, das ausschließlich aus Holzhäusern zu bestehen schien; dort stieg er aus, was er nicht sah, aber der Bildwechsel ihm nahelegte. Und als er so durch die Straßen ging, fand er ein Bordell an das andere gereiht, alle etwas schäbig, Freier und Dirnen gekleidet wie im achtzehnten Jahrhundert.

Da brach irgendwo, wo er es nicht sofort sah, Feuer aus und bald stand die gesamte Straße in Flammen, die er entlanggekommen war. Nur kurze Zeit später das ganze Viertel, das er als nicht dazugehörender Zuschauer mehr und mehr nach Ausbruch des Brandes aus der Vogelperspektive sah. Die Menschen versuchten sonderbarerweise nicht die Flammen zu löschen, sie versuchten vielmehr ihnen zu entkommen. Das aber war aussichtslos. Alle wurden von den Flammen eingeholt, niemand entkam.

Der Mann verwunderte sich über den Traum beim Erwachen, er wusste ihn nicht recht zu deuten. So kam es, dass er auch diesmal im Verlauf von etwas mehr als zwei Jahren nicht mehr daran dachte.

Da hatte der erklärte Freund von Science Fiction, der dieser Mann war, noch einen Traum, der Traum war im Raumfahrermilieu angesiedelt. Er sollte mit einem Raumschiff von der Erde zu einem anderen Planeten fliegen. Die Bilder des Traumes blieben ihm diesmal nicht in Erinnerung, aber er wusste danach, dass die Welt verworfen ist, weshalb er die Erde verlassen sollte. Zuvor aber, und damit schloss der Traum, wurde er von einem, der einem Menschen glich, einem anderen solchen vorgestellt, wie das üblicherweise geschieht. Dabei aber hörte er sich selbst seinen Namen sagen – nicht der einem Menschen Gleichende nannte ihn – und wunderte sich darüber im Erwachen, denn er hatte sich mit einem Namen vorgestellt, auf den er nicht getauft worden war und den er zuvor noch nie gehört hatte.

Es war jener Name gewesen, der auf dem weißen Stein geschrieben gewesen war, der ihn Jahre zuvor getroffen hatte.

Einer, der auszog, um nach Hause zu finden

Es war einmal ein junger Mann, der mit den Eltern seiner Mutter, nicht allein mit seinen Eltern, aufgewachsen war. Beide Elternteile arbeiteten, daher war es ihm materiell nie schlecht gegangen; und er hatte über den Tod der Großeltern und des Vaters hinaus auch immer ein Zuhause. Aus seiner Sicht allerdings nur bis er zehn Jahre alt war; seither sah er es nicht mehr als solches, sondern nannte es stets nur »ein Dach über dem Kopf«. Wirklich zu Hause war er seit dem Tod der Großeltern im Allgemeinen, des Großvaters im Besonderen, nirgends mehr, und so brach er schließlich eines Tages auf, um nach dem Ort zu suchen, an den sein Großvater – sein »bester Freund« – gegangen war und einige Jahre später auch die geliebte Großmutter, denn bei ihnen war er ja zu Hause. Dass er davon ausging, dass die beiden an einem konkreten Ort zu finden sein mussten, das lag daran, dass er kurz vor dem Tod der geliebten Großmutter einen bestimmten Traum gehabt hatte. Er lag damals noch im Bett und dämmerte im Morgengrauen dem Erwachen entgegen. Da war ihm, als sei er nicht allein im Zimmer, obgleich niemand von der Familie in dem Zimmer schlief, in dem er es tat.

Da »sah« er plötzlich seinen »besten Freund«. Sein Großvater war in die Wohnung, in der er die letzten Jahre seines Lebens zugebracht hatte, zurückgekehrt. War er es denn wirklich? Keine Einbildung von ihm? Als er darüber noch nachdachte, bedeutete ihm sein Großvater, er solle weiterschlafen, er komme nur seine Frau abholen; er hatte ihn eine Minute, vielleicht weniger, »gesehen«, da war der Großvater wieder weg.

Seine Mutter, glücklich verwitwet, wie der junge Mann fand, und ein Stück weit war dem auch so, hatte ihn ziehen lassen, denn sie hatte immer das Beste für ihren Sohn angestrebt. Auch gehörte sie nicht zu jenen Müttern, die ein Problem haben, ihr

Kind loszulassen. Eine Übermutter hatte sie nie sein wollen. Eher seit ihrer Kindheit »gutes Kind«.

So zog er also seines Weges der Sonne nach, nach Westen. Da kam er auf seiner Wanderschaft an einen großen See, an den drei Länder grenzten, und den Touristen mit Schiffen befahren konnten. Dort gefiel es ihm, und er beschloss, für bestimmte Zeit zu bleiben. Vielleicht fand er hier einen Hinweis, der ihm bei seiner Suche weiterhalf? Er fand Arbeit, wodurch er sich wie zuvor in seiner Vaterstadt Geld für die Wanderung erwerben konnte, die er noch vor sich hatte. Er fand durch die Menschen, die an diesem großen See lebten, freundliche Aufnahme und durch einige von ihnen – tatsächlich – den einen oder anderen Hinweis, wo er seine Suche nach dem Ort, an dem er sein Zuhause finden würde, wie sie sagten, fortsetzen konnte. Im Laufe des dritten Jahres, das er an dem See zubrachte, gab er die Arbeit wieder auf und zog seiner Empfindung folgend das Ufer entlang einige Kilometer weiter.

Es waren recht bodenständige Menschen, auf die er hier, jenseits der Grenze zu seinem Vaterland, traf. Soziale Verantwortung füreinander war ihnen wichtiger, als sich persönlich zu profilieren oder in den Vordergrund zu stellen, wiewohl ihm auffiel, dass es doch einige gab, die damit Probleme hatten. Diese Erkenntnis ließ ihn dann auch über manche Pedanterie und manches Beharren auf Perfektionismus hinwegsehen. Es waren die Liebe zum Detail und der vernünftige, sparsame, sehr gezielte Kräfteeinsatz dieser Menschen, die ihm gefielen und die er sich zum Vorbild nahm. Auch ihr analytisches Denken gefiel ihm. Als dann seine Ersparnisse aufgezehrt waren – hier hatte er sich nur der Wegsuche gewidmet, nicht gearbeitet –, kehrte er, noch immer ein Suchender, in die Stadt zurück, in der noch immer seine Mutter lebte. Für ihn, wie er es sah, das nächste Reiseziel, kein Schritt zurück in die Vergangenheit.

Da es um die Gesundheit seiner Mutter wenig später zunehmend schlecht stand, sie sich aber nur von ihm helfen ließ, war er in seiner Zeiteinteilung sehr gefordert. Hier nun kam ihm zugute, was er in der Fremde gelernt hatte; die Suche nach dem Zuhause blieb trotzdem nicht auf der Strecke. Denn im Gegensatz zu früher wusste er sich nun für sich, zur Erreichung persönlicher Ziele, Freiräume zu schaffen und trotzdem der Mutter – »dem guten Kind« – die Zeit zu widmen, die sie beanspruchte. In diesen Freiräumen erkannte er sich mehr und mehr, und je mehr er sich akzeptierte und annahm, wie er war, umso selbstsicherer wurde er. Und je selbstsicherer er wurde, umso mehr ließ er Illusionen hinter sich, jene Phantome, denen er zuvor nachgejagt hatte. Er wuchs und nahm zu am inneren Menschen innerhalb dieser Lebensphase, ohne es selbst wirklich zu merken.

Am Beginn dieser Zeit, als er der Mutter noch wenig zu Diensten sein musste und folglich noch mehr Zeit für sich zur Verfügung hatte, war ihm nochmals die Möglichkeit geschenkt, für ein paar Monate ins benachbarte Ausland zu gehen; wieder hatte er sich durch Arbeit und Sparsamkeit Raum geschaffen, um sich ausschließlich seiner Suche nach seinem Zuhause zu widmen. Diesmal kam er seinem erklärten Ziel deutlich näher, denn, nachdem er sein Zuhause, das er in der Familie verloren hatte, in Beruf und Hobbys nicht gefunden hatte, stellte er fest, in einer Partnerbeziehung war es auch nicht zu finden. Sich also im Nachbarland eine Partnerin zu suchen und eine Existenz zu schaffen, erkannte er als eines jener Phantome, denen er bisher nachgelaufen war, und als er heimkehrte, war er ein glücklicher Single, der sich mit jenem Teil seiner Familiengeschichte ausgesöhnt hatte, den er bisher nicht akzeptiert hatte; auch hier hatte ihm – wie in der Partnerangelegenheit – eine junge Frau weitergeholfen.

Und dann wurde ihm der letzte noch fehlende Stein in sein Mosaik eingesetzt; der Schlussstein, der ihn sein lange gesuchtes Zuhause erkennen ließ. Es war seine Mutter, die ihn ihm einsetzte. Und dieses lange gesuchte Zuhause erkannte der junge Mann an einem Ort, an dem er nicht damit gerechnet und infolge dessen es dort nicht gesucht hatte.

Bei einem gemeinsamen Ausflug, der – wie sich später herausstellen sollte – der letzte von Mutter und Sohn war, ergab sich ein entscheidendes Gespräch; sie saßen im Gastgarten eines Weinbauern, wie sie das früher oft getan hatten, bevor der junge Mann in den Westen aufgebrochen war. Bei diesem Gespräch ergab ein Wort das andere und als über Aussehen und die Wirkung auf andere die Rede kam, sagte der junge Mann, er habe es mittlerweile akzeptiert, jüdisch auszusehen. Es entstand eine Pause, in der seine Mutter ihr halbvolles Glas fast etwas zu lange anstarrte, vernehmlich durchatmete und dann ihren Sohn nach einem kräftigen Schluck ansah, ohne ihr Weinglas auszulassen.

»Es ist nicht gut, jüdisch auszusehen«, sagte sie nur.

Das saß. Es hatte allerdings auf ihren Sohn nicht jene Wirkung, die sie zu erzielen beabsichtigte; dass er sich ihrer Meinung anschloss. Er hatte vielmehr sein Zuhause gefunden. Ganz woanders als gedacht. Und in einer ganz anderen Form. Er hielt den Blick seiner Mutter ruhig aus, ihre Blicke begegneten sich. Seine Schultern zuckten leicht, er lächelte etwas und trank einen Schluck. Er wusste nun, wo er zu Hause war; unter den Außenseitern, denen, die nicht dazugehörten, warum auch immer. Und er fühlte sich bei diesem Gedanken im Augenblick sehr wohl. Das sah ihm seine Mutter an und wusste, dass ihr kein Kind mehr gegenübersaß, wiewohl es immer noch ihr Sohn war und bis zu ihrem Tod bleiben würde.

Später sollte er neben dieser emotionalen noch eine geistige Heimat in Israel finden. Doch das ist eine andere Geschichte.

FRIEDRICH RENTSCHLER

Meine erste Liebe

Eines Tages kam sie in den Jugendbund.

Ihre Augen! Ihr lächelndes Gesicht! Und wie sie mich mit ihren Augen ansah! Die ganze Figur. Einfach umwerfend.

Ich war zum ersten Mal vollkommen verliebt. Wollte sie einfach nur in den Arm nehmen. Wollte sie beschützen vor allem, was ihr passieren könnte. Aber ich hatte wenig Hoffnung. So wie sie sich gab und aussah, hatte sie bestimmt einen Freund.

Sie kam nur ab und zu in unseren Jugendbund. Ich wollte, dass sie immer kommt. Und glaubt. Und wir beieinander sind.

Dann waren wir zusammen auf einer Freizeit im Pitztal in Tirol. Und ich war glücklich. Noch glücklicher, als sie allein mit mir, dem Leiter der Freizeit und noch einer Teilnehmerin auf die Braunschweiger Hütte hochkletterte. Keine weiteren Teilnehmer. Die anderen blieben unten. Endlich konnte ich ungestört mit ihr reden. Endlich war sie ganz in meiner Nähe.

Genauso glücklich war ich, Gitarre mit ihr zu spielen. Ihr zu zeigen, wie man Akkorde greift und die Noten klingen lassen kann.

Wenige Wochen nach der Freizeit war ich mal wieder in der Mittagspause im Stadtgarten Calw. Nicht an meinem Stammplatz, aber in der Sonne. Als ich mein Brot fast gegessen hatte, kam sie mit zwei Mädchen. Sie erkannte mich. Ich grinste übers ganze Gesicht vor Freude. Sah sie das?

Die drei setzten sich schräg gegenüber auf die andere Seite des Weges und unterhielten sich. Sie schaute immer wieder zu mir rüber. Und ich zu ihr hinüber. Als die drei gingen, blieb sie einen Schritt hinter den zwei anderen und schaute noch einmal zu mir zurück. Hätte ich winken sollen? Was dachte sie? Ach, war ich verliebt!

Sie ging mir nicht mehr aus dem Kopf. Sie hatte Zeichnerin gelernt. Sie arbeitete bei einer Baufirma in Calw. Sie musste manchmal auch auf Baustellen mitarbeiten.

Ich hatte nur noch sie im Kopf. War traurig, dass wir uns nicht näherkamen. Freute mich, wenn sie mal wieder im Jugendbund dabei war.

Ich wollte sie so gerne als meine feste Freundin. Aber das ging nicht. Sie hatte bestimmt einen Freund. Und sie war nicht gläubig. Und ich wollte nur eine Freundin, die glaubt, also ihr Leben bewusst in Gottes Hand gegeben hatte. So wie ich.

Ich bat Gott, dass sie glauben lernt. Und ich bat Gott auch, meine Gedanken von ihr wegzulenken, wenn sie nicht meine Freundin werden kann.

Um ihr näher zu sein, fuhr ich manchmal mit meiner Kreidler durch das Dorf, in dem sie lebte.

Ab und zu traf ich sie in Calw auf dem Weg zum Bahnhof. Einmal erzählte sie mir, dass sie vorhabe, Kinderpflegerin zu lernen. Das auf die Baustellen gehen und dort beim Mauern mitzuhelfen, gefalle ihr auf die Dauer nicht. Das fand ich gut.

Es ging auf Weihnachten zu. Mein Bruder hatte eine Freundin. Wenn er ihre Briefe las, dachte ich wehmütig an sie. An diesem Weihnachten konnte ich mich nicht richtig freuen. Sie war nicht da. Sie fehlte mir schrecklich.

Anfang des neuen Jahres hatte ich einen ganz fürchterlichen Tag. Wieder mal jagten in meinem Kopf die Gedanken um sie. Und es wurde mir klar, dass bei nüchterner Betrachtung aller Fakten sie weder meine Freundin, noch meine Braut werden kann. Alles rebellierte in mir. Sollte das das Aus sein?

Nein, denn die Sehnsucht nach ihr konnte ich nicht abstellen. Die blieb.

Einige Zeit danach sah ich sie wieder. Es brannte in meinem Herzen. Glaubte ich wirklich, sie nicht mehr zu lieben? Sie nicht mehr als Freundin haben zu wollen? Nein, nein, ich liebte sie. Was konnte ich nur machen? Wie kam ich endlich wieder mit ihr zusammen?

Dann hatte ich eine Idee: Der Leiter der Freizeit in Tirol gab mir eine Einladung zu einer neuen Freizeit im kommenden Sommer. Diese Einladung, die würde ich ihr bringen.

Durfte ich das? Hatte ich keinen Mut, wenn ich es nicht tat? War ich frech, wenn ich es tat? Ich war verwirrt. Ich fand keine Antwort.

Ich spürte nur ein Drängen in mir. Nur ein Gedanke trieb mich um: Du musst zu ihr! Ist das richtig? Ich weiß es nicht. Ist es falsch? Ich weiß es nicht. Ich liebe sie! Soll ich es deshalb nicht tun? Hat sie Besuch? Ist sie daheim?

Ich war nervös. Ich musste es darauf ankommen lassen! Ich fuhr zu ihr. Angekommen, klingelte ich an der Haustür.

Sie machte auf und sagte nach der Begrüßung: »Komm, setz dich ein Weilchen zu mir.«

Das klang gut! Mein Herz hüpfte.

»Wenn ich darf.«

»Ja, natürlich darfst du. Ich hol dir einen Stuhl.« Und während sie nach dem Stuhl griff, sagte sie zu ihrem Hund: »Geh in den Stall!«

Da saßen wir nun zusammen. Ihre Eltern waren nicht da. Es kam mir so vertraut vor. Ich mit ihr in diesem wunderschön angelegten Gärtchen. Und ich war glücklich. War das schön! Einfach wunderschön!

Ich sagte: »Ich habe gar nicht gewusst, dass ihr einen Hund habt.«

»Haben wir auch erst seit ein paar Wochen.«

»Wir haben uns schon lange nicht mehr gesehen.«

»Das stimmt. Du machst gerade den Autoführerschein? Ich habe es von meiner Bekannten erfahren.«

»Ja, mache ich. Deine Bekannte fuhr doch mal bei meinem Vater mit?«

»Richtig. Das hat sie mir auch erzählt.«

»Ich habe dir eine Einladung mitgebracht. Wieder zu einer Hochgebirgsfreizeit wie letztes Jahr und mit demselben Leiter. Hast du Zeit?«

»Nein. Dieses Jahr geht es nicht.«

»Hast du keinen Urlaub mehr?«

»Nein, ich wechsle die Stellung.«

»Was machst du denn?«

»Ich gehe nach Berneck in die Traube und nach einem Vierteljahr zur EVS.«

»Und mit Kinderpflegerin ist nichts mehr?«

»Nein, und das ärgert mich schrecklich. Es war so: Ich habe angerufen und sie haben mir gesagt, ich solle ihnen meine Unterlagen zuschicken. Das tat ich, bekam aber keine Antwort. Da rief ich noch einmal an. Sie sagten, sie hätten keine Papiere von mir bekommen. Ich solle sie noch einmal schicken. Das verstand ich nicht. Aber gut, ich tat es. Da schrieben sie mir, dass sie jetzt keine Kinderpflegerin mehr brauchen, sondern nur noch eine gelernte Kindergärtnerin. Du kannst dir vorstellen, wie wütend ich war!«

»Und ob ich mir das vorstellen kann! Und ich finde es sehr schade, dass daraus nun nichts wird.«

»Ja, denn ich hatte mich so auf die Ausbildung gefreut.«

Wir sprachen noch über alles mögliche andere. Es war so schön, mit ihr in ihrer offenen Art zu reden.

Als ich mich verabschiedet hatte und wieder auf meiner Kreidler saß, war es mir, als würde mein Herz zerspringen vor Freude und Glück.

Dann aber begann es zu brodeln, zu kochen in mir: Warum kann sie nicht glauben wie ich? Gott, du kannst doch ihr Herz lenken!

Sie hat ihren Willen. Sie kann sich entscheiden. Du musst warten.

Warten! Warten! Das ist doch entsetzlich! Ich liebe sie doch! Ich möchte sie jetzt lieben! Ja, ich habe versprochen, ihr erst näherzutreten, wenn sie glaubt. Aber was ist, wenn sie dann einen Freund hat? Ach, ich mag nicht mehr denken!

Freue dich doch, dass du sie jetzt gesehen hast, jetzt mit ihr gesprochen hast!

Und diese Freude schaffte sich dann langsam Raum in meiner aufgewühlten Seele.

Später kam die Sehnsucht wieder über mich. Ich verstand die Welt nicht mehr. Ich war traurig. Ich liebte sie doch so sehr. Und ich litt fürchterlich wegen ihr. Mein Herz war erfüllt von Sehnsucht und Hoffen auf bessere Zeiten.

Dieses ungewisse Warten fiel mir immer schwerer. Nicht zu wissen, ob sie meine Freundin wird, fühlte sich grausam an. Alles war unklar.

Dann kamen Gedanken wie diese: Das ist doch so kein Leben mehr. Du sehnst dich nach Liebe, willst diese aber nur von einem Mädchen haben. Warum denn bloß?

Ist meine Einstellung falsch? Nein. Ich konnte mir keine andere Grundlage für ein gemeinsames Leben vorstellen, als dass beide gläubig sind. Das war für mich die Basis, auf der ich mit meiner Frau leben wollte.

Kompliziert? Nein, konsequent. Es soll eine Frau meine Frau sein. Und diese eine soll an Gott glauben wie ich.

Ein paar Monate später wollte ich sie mal wieder zum Jugendbund einladen. Wir begrüßten uns herzlich.

Als ich sagte: »Möchtest du nicht mal wieder zu uns in den

Jugendbund kommen? Ich könnte dich abholen«, sagte sie: »Das wird nicht mehr gehen. Ich heirate.«

Mir blieb die Luft weg. Mühsam beherrscht sagte ich: »Dann will ich dir dazu gratulieren und dir alles Gute wünschen.«

Sie bedankte sich und schaute mich mit ihren Augen, die mich so fasziniert hatten, zum letzten Mal an.

Das tat weh! Keine Freundschaft, keine Hochzeit, keine Ehe mit ihr!

War ich nun sehr traurig? Natürlich!

Aber ich versuchte, ihre Heirat auch als Lösung meines Problems anzunehmen.

Und ich denke gerne zurück an meine brennende erste Liebe zu diesem Mädchen. Keinen Augenblick davon möchte ich missen!

Ein Licht will ich sein
Klein oder groß
Entschieden
Andern zu leuchten

Ein Licht will ich sein
Und das Dunkle
Erhellen
Wo immer ich bin

Leuchte du mit mir
Klein oder groß
Entschieden
Mit mir zu leuchten

Zwei leuchten heller
Klein oder groß
Erhellen mehr
Als ich allein

Zurück aus dem Krieg

Komm ich zurück vom Krieg
Find ich die Heimat nicht mehr
Stehe in Trümmern
Keine Zimmer

Such ich nach Nachbarn
Find ich die nicht
Und wo sind meine Lieben
Die Mutter, der Bruder, die Schwester

Fortgezogen
Auf der Flucht
Irgendwo
Wo ich nicht bin

Keine Hand, die jemand mir reicht
Weder Brot noch Trost noch Liebe
Keine Gefühle
Leere in mir

HERMANN RODENHAUSEN

nebel

halme
verschwiegen im
erlenrund
atmende
stille
warten
in der leere
wer schließt uns
einmütigen
ihr
wesen auf

in der stille

in der stille
fängt es
uns an zu klingen –
schimmer
des gerechten
höhere hinsicht –
ist es
resonanz?

cluster

ton-harmoniefolgen
für
einen gleitenden
weichgesang
hingewendet
mosaiksteintreu
wachsames
aufklirren
gläserner gerichtetheit
aufreiz
wiederkehrender elemente
mit
verändertem plafond
sich spiegelnd
weites
treibendes
ein sich
hell-lichtig
reinwendender psalm

ersichtlich

fließt doch
im-
mer hell
hin-
gewendetes ei-
gen sinnt
un-
sichtbares
hell win-
dend schwinden-
des schwillt
schimmernde
schim-
merrichtung sich
hell-
enthebt im
lichterspiel glei-
ches versiegen-
der stille

betrachtung eines haares

unsichtbar
zielstrebiges hineinsinnen
aufrechterhaltung
einer gewagten balance
übertrieben
lautlos kitzelndes
sich nicht preisgeben
schleichendes
tasten
durch
eine entmaterialisierte feinheit
ungrifflich
sich
entziehend
durch sein
sich wegschweigen
unerwartetes versiegen
schlank dichtender hinwendung

wie es ist

ist es
so wie es ist
oder ist es
wie es nicht ist
wie wäre es
wenn es so
ist wäre es
wenn es ist
wie es ist
wie jetzt
wenn es
wirklich ist
es wäre dann so
wie es wirklich ist
wenn es
wie jetzt
wirklich ist

kristallbild

stille
sangen
uns nicht
die bündel
erkalteten lichts
sattsam
der wuchernde saum
blühender sonnen

mondesnähe

lichtstille
windesweiß
vor-
wärts
schwilgend
figuriert es
ins blaue
höher
die lichtung –
sich
schwichtend
wieder
aufschweigt ein
glanz –

klangliches reden

die ästhetik des klanglichen redens entfalten
dabei schreiben was kontextlos gültig ist
einen hohen seinswert hat
(der klang erfüllt sich in der absolutheit)

Ansprache

Frau Hanni Tobald
Herr Wilhelm Schimmelknecht
Herr Karl-Heinrich Strünzelmann
Herr Michael Fuhrwerk

Frau Rosietta Wallipolana
Frau Ottilie Waldenstruck
Frau Hanni-Heide Flohwinkel
Herr Halibald Knäsperich

Herr Gunibert Spiegelknecht
Frau Doriane Vollwinkel
Herr Abionderich Weissblut
Herr Willibald Fürknecht

Fräulein Therese Schimmelmeier
Fräulein Marianne Hoferzorn
Fräulein Simonette Prillwitz
Frau Heide-Lore Brüdursterwinkel

Fräulein Marionetta Rosenstrauch
Frau Katharina Wollwitzer
Herr Winfried Schnüreisen
Herr Adalbert Hadelbart

Frau Heide-Lore Wolkenstein
Herr Heinrich-Hubert Laterosil
Herr Nikolaus Akomalobitsch
Frau Hanni-Heide Breitendörsam

Herr Fritz-Olaf Winkelhuber
Frau Heliolinde Stürgast
Herr Bobberich Hülsenstamm
Frau Mariolene Hellakoptik

Herr Adalbert Hadelbart
Frau Andrea Gemmerling
Herr Mirko Tribald
Herr Willibald Pisporitsch

Frau Ilka Rosenstamm
Herr Martin Kliebel
Herr Hanns-Friedrich Winkeleisen
Frau Michaela Fürgut

Frau Franzoline Stringut
Frau Kunigunde Engelbert
Frau Melissa Bida-Biderich
Frau Ariane Klappdor

Herr Heinrich Kuckelberg
Herr Marco Sirupusoalist
Herr Magidor Hubrecht
Fräulein Mariella Welksepadeiksel

Frau Milionetta Kilitobor
Frau Winkoline Starünksel
Herr Willioberich Walibinora
Herr Heinz-Hubert Klobomorolze

Herr Abionderich Kaliministu
Herr Alibert-Weinrich Zalibogötel
Herr Heinz-Herbert Zwickelbart
Herr Olaf Laboraponsor

Frau Külobiline Knechbersam
Frau Zilibiline Stilisulatel
Herr Heinz-Hubert Milirobontor
Herr Karlheinrich Knackeberinkel

Frau Insolata Trajankulatel
Herr Kliator Oronkotubel
Frau Doriane Alidawildrecht
Herr Otto-Olaf Okohukorunkel

(Satire)

GERLINDE ROTH

Luftwurzeln. Gedichte (Leseprobe)

Luftwurzeln

Vergiss dein gelbes Sonnen-
kleid, sagen sie,
du musst gleich sein.
Gleich,
wenn du gleich bist,
bist du anders,
ganz anders, zum Verwechseln anders,
sage ich mir.

Schau, wenn der Löwenzahn blüht,
schau die Kette,
die Mähne von Licht und List;
an ihm nagt
kein Zahn der Zeit.
Doppelt,
bist du dir gleich.

Tisa

Mnemosyne

Immer wieder
in denselben Fluss
musst du steigen,
immer wieder,
bis Erinnern
frei wird
von der Schlacke
des Vergessens.

Immer wieder
aus demselben Quell
musst du trinken,
bis du ausgetrunken
das Feuer
der tausend Spiegel.

Tisa

»Empfindsame Reise«

du wirfst
mit vollen Händen
den Tag
in die Nacht

vergeblich Erinnern
ist schwarz
wie Galle
manchmal
sehr selten
ist es auch blau

dann
jagt es
weiße Pferde
über sehn
süchtige Zweige

Erinnern
ist
Vergessen
des Vergessens
ist
die Lügenbrücke
zu den stummen
Totenglocken
ist
nie endendes
Echo
gemiedener
Stunden

C. D. SCHMIDT

Leben nach Gottes Willen (Leseprobe)

1 Vollkommenheit Gottes und Selbstvervollkommnung

Allein Gott ist vollkommen. Er vereint in sich alle Eigenschaften, die ihn als vollkommenes Wesen erscheinen lassen: Geduld, Liebe, Barmherzigkeit, immerwährende Bereitschaft zur Vergebung; Verzicht auf Zorn, er kennt keine Rache und Vergeltung nach menschlichem Verständnis. Im Matthäus-Evangelium heißt es: *»Ihr sollt also vollkommen sein, wie es auch euer himmlischer Vater ist«* (Mt 5,48). Damit gibt Jesus uns den Maßstab, Grund und das Bestreben gleichermaßen vor.

Die Vollkommenheit Gottes zu erreichen, bedeutet für uns das Lösen von menschlichen Eigenschaften, wie Egoismus, Hochmut, Neid, Zorn, Habsucht, Ablehnung Andersgläubiger. Dieser Weg ist für uns mühevoll und überaus schwierig, bestimmen doch gerade diese negativen Tugenden weitgehend unser Leben. Ihnen können wir nur dann entkommen, wenn wir bereit sind, Gottes Gerechtigkeit anzunehmen, unser Leben ohne Vorbehalte in Gottes Hand zu legen und unsere Mitmenschen zu achten und zu respektieren. Jesu Gebot der Nächstenliebe – *Liebe deinen Nächsten wie dich selbst* – ist ein ewiges Gesetz mit einer unumstößlichen Gültigkeit, das wir jedoch viel zu wenig beachten. Wenn wir uns der göttlichen Vollkommenheit zumindest annähern wollen, dürfen wir nicht länger andere be- oder gar verurteilen. Jesus ermahnt uns: *»Richtet nicht, damit ihr nicht ge-*

richtet werdet! Denn wie ihr richtet, so werdet ihr gerichtet werden, und nach dem Maß, mit dem ihr messt und zuteilt, wird euch zugeteilt werden. Warum siehst du den Splitter im Auge deines Bruders, aber den Balken in deinem Auge bemerkst du nicht? Wie kannst du zu deinem Bruder sagen: Lass mich den Splitter aus deinem Auge herausziehen! – und dabei steckt in deinem Auge ein Balken? Du Heuchler! Zieh zuerst den Balken aus deinem Auge, dann kannst du versuchen, den Splitter aus dem Auge deines Bruders herauszuziehen (Mt 7,1–5). Wir Menschen neigen dazu, andere für ihr Verhalten zu rügen und denken dabei, dass man das, wofür wir den anderen tadeln, selbst nicht getan hätte. Stattdessen sollten wir uns selbst beobachten und auf unsere eigene Besserung bedacht sein!

Eigenliebe als der Beginn von Hochmut ist der Instinkt des Menschen, der dazu führt, die eigene Person über alle anderen in der Welt zu stellen. Diese Haltung steht in krassem Gegensatz zu Gerechtigkeit und Wahrheit. Sie widerspricht der Gerechtigkeit insofern, weil viele über anderen stehen wollen. Der Widerspruch gegenüber der Wahrheit liegt darin, dass es für Menschen unmöglich ist, über allem in der Welt zu stehen. Dies kann nur einer: Gott als Verkörperung der Gerechtigkeit, Wahrheit und Liebe. Wir Menschen hingegen haben es nur in der Hand, die Meinung von uns selbst zu reduzieren und uns so Gott in seiner Vollkommenheit anzunähern.

Wesentliche Wertmaßstäbe auf unserem Weg zur Selbstvervollkommnung sind neben der Abkehr von Selbstüberschätzung und Hochmut vor allem Demut und Barmherzigkeit. Im religiösen Sinn bedeutet Demut die geistige ehrfürchtige Haltung und Selbstbescheidenheit gegenüber Gott. Ein demütig denkender Mensch ist sich seiner Grenzen und Schwächen bewusst, erkennt die göttliche Macht an und praktiziert die Gottes- und Nächstenliebe. Er stellt eigene Ansprüche zurück und den eigenen Stolz nicht in den Vordergrund. Demut ist eine wesentliche Grundhaltung und Verhaltensweise des Menschen, die sowohl vom AT als auch vom NT in gleicher Weise gefordert wird. Sie hat nichts zu tun mit einer schwächlichen oder gar sklavischen Unterwerfung unter Gegebenheiten, sondern ergibt sich einfach aus der Tatsache, dass wir alle Geschöpfe Gottes und Mitglieder menschlicher Gesellschaften sind. Somit sollte jeder Einzelne und jedes Volk demütiges Verhalten an den Tag legen. Dazu gehören Anerkennung der Existenz Gottes, Akzeptanz seiner Entscheidungen über unser Schicksal, auch dann, wenn er diese durch Menschen verkünden lässt.

Ein Barmherziger zeigt ein *Herz* für den *armen* Menschen, der sich in einer Notlage befindet und unserer Hilfe bedarf. Wenn wir Wert auf gute zwischenmenschliche Beziehungen legen, dürfen wir Hilfsbedürftigen unsere Hilfe nicht verweigern. Die Bibel beschreibt an vielen Stellen im NT das göttliche Erbarmen mit Kranken, Armen und Ausgestoßenen.

So heißt es im Matthäus-Evangelium im Gleichnis vom verlorenen Schaf: *»So will auch euer himmlischer Vater nicht, dass einer von diesen Kleinen verloren geht«* (Mt 18,14). Jesus hat sich immer besonders den Erbarmungswürdigen zugewandt und war sich nicht zu schade, mit Sündern zu essen.

Bei Lukas lesen wir von einer Mahnung Jesu an einen Gastgeber eines Mahls: *»Wenn du ein Essen gibst, dann lade Arme, Krüppel, Lahme und Blinde ein. Du wirst selig sein, denn sie können es dir nicht vergelten; es wird dir vergolten werden bei der Auferstehung der Gerechten«* (Lk 14,13–14).

An anderer Stelle heißt es bei Lukas: »*Alle Zöllner und Sünder kamen zu ihm, um ihn zu hören. Die Pharisäer und Schriftgelehrten empörten sich darüber und sagten: Er gibt sich mit Sündern ab und isst sogar mit ihnen*« (Lk 15,2).

Auch die Vergebung/Verzeihung gilt als Ausdruck von Barmherzigkeit. Das Maß des göttlichen Urteils über unser Leben ist abhängig von unserer Bereitschaft zur Vergebung und unserem Willen, den Hungernden, Kranken, Sündern das zu tun, was man Jesus tun würde: »*Was ihr für einen meiner geringsten Brüder getan habt, das habt ihr mir getan*« (Mt 25,40).

Wir Menschen sind und bleiben vor Gott immer Sünder und in unserer Todesstunde auf seine Milde und Barmherzigkeit angewiesen. Für die Beurteilung unseres Lebens ist unsere Hilfsbereitschaft und unser Wille zur Vergebung von entscheidender Bedeutung.

Barmherzigkeit erschöpft sich jedoch nicht nur darin, einem Hilfsbedürftigen materielle Hilfe zu gewähren. Genauso wichtig ist für diesen unsere geistige Unterstützung, die vor allem darin besteht, den Mitmenschen nicht zu verurteilen und seine Menschenwürde zu achten. Es ist für einen Bettler am Straßenrand, in einer Fußgängerzone unserer Städte oder in einer ärmlichen Behausung, extrem schwer, Vorübergehende um Almosen zu bitten und selbst unter dem Existenzminimum leben zu müssen. Wir Wohlhabenden glauben, wenn wir ihm von unserem Überfluss abgegeben haben, barmherzig zu handeln. Wahrhaft barmherzig zeigen wir uns jedoch erst dann, wenn wir dem Armen und Bedürftigen auch einen Platz in unserem Herzen eingeräumt haben. Das bedeutet, dass wir diesen Menschen Achtung und Respekt entgegenbringen, sie als Mitmenschen betrachten und ihnen das Wichtigste, was ihnen vielleicht noch geblieben ist, nicht nehmen dürfen: Ihre Würde. Bedenken wir, dass auch sie Kinder des Allmächtigen sind, deren Glaube vielfach größer ist als der mancher Wohlhabenden.

Wer einmal den Weg der Selbstvervollkommnung eingeschlagen hat, das heißt Gott näher kommen will, für den kommt dem Verzicht auf Gewalt und Vergeltung entscheidende Bedeutung zu. Galt es im AT noch als selbstverständlich, unrechtmäßige Herrschaft beseitigen zu dürfen (zum Beispiel 2 Kön 9), wird dieses im NT durch Jesu Gebot des Gewaltverzichts konsequent ausgeschlossen (s. Mt 5,38–42). Jesus fordert von seinen Schülern, und letztlich von allen Christen, eine völlig andere Umgangsform miteinander. Seine Forderung gipfelt in absolutem Verzicht auf Gewalt und entspricht seiner radikalen Ethik. Er verlangt von seinen Jüngern, dem Bösen keinen Widerstand zu leisten; keine Bitte um eine Sache abzulehnen; offen angewendete Gewalt ohne rechtliche Sanktionen hinzunehmen und auf jede Art von Gegengewalt zu verzichten. Stattdessen verlangt er, dass wir unseren Widersachern entgegenkommen und deren Böswilligkeit mit Liebe und Nachsicht begegnen.

Gemäß der ethischen Haltung Jesu entsprechen seine Forderungen dem, was im Reich Gottes selbstverständlich ist. Allein der Verzicht auf jegliche Art von Gewaltausübung und stattdessen konsequente Nächstenliebe bringt uns den inneren Frieden, nach dem sich die Menschen sehnen. Um diesen inneren Frieden zu erlangen, mag das Franziskanische Friedensgebet von Franz von Assisi auf der nachfolgenden Seite uns helfen.

O Herr, mach mich zu einem Werkzeug deines Friedens:
dass ich Liebe bringe, wo man sich hasst;
dass ich verzeihe, wo man sich beleidigt;
dass ich verbinde, wo man sich streitet;
dass ich die Wahrheit sage, wo Irrtum herrscht;
dass ich den Glauben bringe, wo der Zweifel drückt;
dass ich die Hoffnung wecke, wo Verzweiflung quält;
dass ich dein Licht anzünde, wo Finsternis regiert;
dass ich Freude mache, wo Kummer wohnt.

Herr, lass mich mehr danach trachten
zu trösten, als getröstet zu werden;
zu verstehen, als verstanden zu werden;
zu lieben, als geliebt zu werden.

Denn wer da hingibt, der empfängt;
wer sich selbst vergisst, der findet;
wer verzeiht, dem wird verziehen;
und wer stirbt, der erwacht zum ewigen Leben.

MARION SCHWARZ

Geborgenheit

Sie liegt in seinen Armen
eingebettet von Wärme und Geborgenheit
sie fühlt sich so wohl
hört das Schlagen seines Herzens
und spürt die Gleichmäßigkeit und Ruhe in seinem Atem

Dieses Empfinden und Wahrnehmen
der inneren Vertrautheit
diese totale Zufriedenheit mit sich und der Welt
spürt ein jeder erst, wenn man liebt

Alles ringsherum wird ausgeblendet
man sieht nur noch sich, ihn und die Liebe
ein gewisser Zauber schwebt in der Luft
weil Glücklichsein ein Gefühl
von absoluter Ergebenheit zur Liebe ist

Dieser Zauber der Liebe entsteht aber nur
wenn man die Liebe auch wirklich lebt
fühlt und ganz bei ihr ist
mit ihr und ihm eins zu sein, das Glück atmen
und den neuen Tag warten zu lassen

Bewegende Momente

Es sind bewegende Momente
er faltete ihre Hände zum letzten Gebet
es war still im Raum
man fühlte, die Angst und Unruhe machte sich breit
in den Gesichtern sah man den Schmerz
denn Abschied tut weh

Ein Kind wird geboren
der erste Schrei dringt in alle Ohren
geht über den Flur hinaus in die Welt
du weinst vor Glück und hältst dein Kind im Arm
so zerbrechlich und klein
so zart und so warm, dieses Wunder der Natur

Sie stehen vorm Altar
und geben sich die Hände
verbunden für ewig bis ans Ende
so ihr Versprechen
denn ihre Liebe lebt und das Strahlen in ihren Gesichtern
zeigt dem Tag ihr Glück

Diese Momente gibt es fast in jedem Leben
sie sind Teil deines Tuns und gehören dazu
ob Glück oder Trauer, ob Freud oder Leid
es sind Momente für die Ewigkeit
die dein Leben prägen und dich stark machen
für alles, was noch in weiter Ferne passiert.

Jung sein und leben

Ist das Leben nicht schön
Du bist jung und die Welt liegt dir zu Füßen
lass dein Leben nicht an dir vorüberziehen
ohne das Leben gelebt zu haben

Genieße das Glück und lebe die Liebe
lass sie dein Herz erwärmen
und all deine Gefühle sollen wie ein großer Strom
durch deinen Körper fließen

Dein Körper wird die Berührungen und Zärtlichkeit fühlen
und deine Seele atmet frei, sie wird wie im Rausch schweben
es ist ein Erleben wie im Traum
einfach traumhaft schön

In diesen Momenten gibt es kein Zurück
du willst es erleben, du brauchst diese Nähe und Wärme
dieses Begehren und die Sehnsucht nach Liebe
dieses Prickeln auf der Haut und den Herzschlag seines Körpers

Lass dich einfach fallen
und erlebe eine Welt, die du nicht in Worte fassen kannst
fühl dich wohl und genieße einfach diese Momente
nimm sie voll in dein Herz auf und halte dein Glück fest

Die Zeit

Das Leben ist wieder schön.

Der Sturm hat sich gelegt und Ruhe kehrt ein, die Harmonie ist zurück und der Frieden ist wieder allgegenwärtig.

Was wollen wir noch, das Glück sagt ja und das Leben lenkt sich wieder in die richtigen Bahnen.

Der Alltag nimmt seinen Lauf und das tägliche Geschehen, was schon zur Routine wurde, wird wie im Film abgespult.

So verliert das Jahr Monat für Monat, Woche für Woche und Tag für Tag und der Mensch ein Jahr seines Lebens.

Die Zeit ist einfach nicht aufzuhalten, sie ist ein bewegtes Bild der Ewigkeit und charakterisiert den Wandel unseres Daseins.

Sie läuft stetig und unaufhaltsam in eine Richtung ab, von der Vergangenheit, die wir leben und erforschen konnten, in die Zukunft, die offen ist, also von der Geburt bis in den Tod.

Sie ist das Maß aller Bewegungen, es gibt ein Vorher und ein Nachher.

Die Zeit gibt uns aber auch die Kraft, unseren Körper in den natürlichen Wechsel von Anspannung und Entspannung ins Gleichgewicht unseres Lebens zu bringen, und so kümmern wir uns um unsere innere Balance.

Wir können die Zeit zwar nicht sehen, aber sie ist fühlbar, sie ist in unserem Leben sehr wichtig, da wir ohne sie keine Ziele setzen könnten.

Wir spüren schon am Tag, wie uns die sogenannte Zeit wegrennt. Ein neuer Tag erwacht, ein wunderschöner Morgen, die Sonne lacht und lädt uns in den Tag ein, und die Zeit läuft, schon ist es Mittag, und ein Augenzwinkern weiter ist der Nachmittag zur Stelle, der Abend lacht uns schon von weitem zu, und die Nacht will sich auch behaupten und fordert ihre Zeit.

So wird unser Leben durch die Zeit bestimmt, kleine Veränderungen können wir natürlich vornehmen, jedoch hat der Tag immer nur 24 Stunden, teile sie dir gut ein und nutze jede Minute für ein schönes Leben im Hier und Jetzt.

Einsamkeit ade

Die Jahre der Einsamkeit sind vorbei
ich schwimme auf einer Welle des Glücks
kann es oftmals gar nicht fassen, dass ich so glücklich sein darf
kann dieses Glück voll einatmen
und mein Herz ist frei von allem Bösen.
Es kann sich lösen von Kummer und Schmerz
den ich eigentlich schon lange nicht mehr spüre
da dieses Aufblühen meiner Seele nur noch Freude
und ein besonderes Wohlfühlen verspürt.

Dieses Aufgeräumtsein im eigenen Leben, diese Ruhe und Zufriedenheit, dieses Angekommensein im Hier und Jetzt ist ein Gefühl der absoluten Zufriedenheit mit sich und der Welt.

Ein Gefühl wie in Drains, du schwebst, es ist schön, du spürst keinen Schmerz, die Leichtigkeit umhüllt deinen Körper und lässt dich ins Unendliche gleiten. Der Weg zurück ist genauso schön und spannend, er gibt dir die Gefühle, die Liebe am Leben und im Leben wieder zurück, sie zu finden und mit den Menschen zu teilen, die dir nahe sind und bereit sind, mit dir diese Glücksmomente auszuleben, solange du an das Leben glaubst.

Nimm all diese Dinge, die das Leben für dich bereithält, mit Freude auf, erfreue dich an der Natur und am Wechsel der Jahreszeiten.
Lach mit der Sonne und streichel die Regentropfen.
Nimm das Leben, so wie es sich jeden Tag zeigt und schiebe alles weg, was dich traurig machen könnte.
Gib das Vertrauen in dich selbst nicht auf, nur so hat dein Leben Bestand.

Freundschaft ist wie eine große Liebe

Ein Leben mit Freunden ist eine Bereicherung deines Lebens. Freunde sind Halt, Offenheit, Ehrlichkeit, Wärme und ein Gefühl von Zusammenhalt, Trost, Liebe und Freundschaft.
So etwas im Leben zu besitzen, ist wie ein kostbarer Schatz, mehr noch als Gold und Geld.

Es ist die Liebe zu anderen Menschen, ihnen geben, was sie im normalen Leben nicht haben können.
Dieses Füreinanderdasein, sich kümmern, zu hören, beraten, helfen und Nähe spüren lassen, ist doch für viele so ein Segen, behütet und umsorgt zu werden.

Die Sorgen und Ängste in deinem Leben, die sich breitmachen und versuchen, dich zu vergiften, sie müssen raus aus deinem Herzen und deiner Seele.

Du musst dich befreien und mit einem guten Freund darüber reden. Er hilft dir, loszulassen, von all dem Kummer und den Sorgen, die dich belasten, er hilft dir, dein Herz wieder frei zu machen und wieder durchzuatmen und die schönen Dinge des Lebens wieder zu sehen.

Ein Freund fängt dich auf und versucht, dir all das Negative abzunehmen und dein Leben wieder in die richtige Bahn zu bringen. Er ist wie eine gute Fee.
Er ist die Person, die im Hintergrund die Fäden für dein Leben in der Hand hält und dich beschützt.

Ich persönlich bin so froh, dass ich so viele liebe Menschen kennenlernen durfte, die mir so viel Nähe und Liebe entgegengebracht haben und mich voll in ihrer Mitte aufgenommen haben.

Sie haben mir geholfen, wieder leben zu wollen.

Die Sehnsucht ist abgekühlt

Er war da
aber sie fühlte nicht mehr das Glück
sie hat ihn berührt
und spürte keine Wärme
auch die Wildheit beim Küssen
war verloren
sie war enttäuscht
und merkte, es ist vorbei

Sie liebt ihn noch immer
diesen Mann
der Angst vor ihrer Nähe hat
und sie deshalb kaum berührte
dennoch all ihre Zärtlichkeit duldete
und liebend in sich aufnahm

Dieses Schweben vor Glück
und des Verliebtseins
sollte jetzt vorbei sein
weil sie denkt, ihr Herz hat diese Liebe verloren
doch in ihrem Herzen lebt diese Liebe weiter
weil sie so verwurzelt und stark ist

Zum Abschied schenkte er ihr
wie immer eine Rose
den süßen, lieblichen Duft
nahmen all ihre Sinne auf
konnten aber die Schönheit der Rose nicht wahrnehmen
da dieses Abschiednehmen
all den vielen Tränen freien Lauf ließ

Musik, ein Gefühl fürs Herz

Musik ist so eine gute Erfindung, sie ist wie ein Traum
und gehört einfach zum Leben dazu.
Sie ist der Rhythmus deines Herzens
Musik ist einsetzbar für alle Gelegenheiten und Dinge im Leben
Sie kann beruhigen oder dich zum Weinen bringen
sie kann dein Herz öffnen und Liebe einlassen
und zum Träumen einladen
Dir helfen, den Tag unbelastet zu überstehen und Probleme
ins Nichts zu befördern.

Sie lädt zum Zuhören ein und kann jeder Stimmung angepasst werden, ob klassisch, poppig, heiter oder sommerlich frech.
Der Rhythmus der Klänge lädt zum Tanz ein und der Zauber der Melodie betört dein Herz und deine Sinne.

Man kann allen Schmerz und alle Last von sich streifen und sich nur von der Melodie und der Musik einfangen und bezaubern lassen.
Musik geht ins Herz, kann berühren, und man kann sich voll auf sie einlassen.

Sie kann dich in ihren Bann ziehen, und dein ganzes Ich fließt in den Strom der Melodie ein, so, wie sich all deine Gefühle dieser Musik ergeben.
Es ist wie ein Rausch, eine Droge der Harmonie.
Ein gewisses Schweben, eine Leichtigkeit um dich herum, ein Gefühl der Atemlosigkeit in diesen Momenten.

Musik kann uns glücklich machen, sie ist ein Geschenk, von Menschen für Menschen gemacht.

Liebe so nehmen, wie sie ist

Liebe kann so etwas Schönes sein, wenn der Mensch, den du triffst, dich so liebt, wie du bist.
Du musst dich nicht verstellen, nur um zu gefallen, nein, sei einfach so, wie du immer durchs Leben gehst.
Er wird dich lieben mit all deinen Macken und Fehlern und möchte dich mit seiner Liebe in eine Traumwelt versetzen, die du noch nie so erlebt hast.
All diese Zärtlichkeit, die Wärme, Nähe und das Verlangen, dich glücklich zu machen und mit dir glücklich zu sein, werden alle Vorstellungen und Wünsche übersteigen, die je in deinen Gedanken vorgekommen sind.

Dein Ich, ob naiv oder doof, klug, bescheiden und lieb, stark, aber auch zerbrechlich, warmherzig und gefühlvoll, sollte immer darauf bedacht sein, keine Angst vor den Gefühlen zu haben und das Ausleben der eigenen Gefühle zuzulassen. Nur so kann Liebe leben und bestehen.

Wenn die Blicke deines Gegenübers dich treffen und ein Gefühl der Wärme durch deinen Körper fließt, weißt und fühlst du diese sympathische Annäherung, dieses Gefühl des Wohlfühlens in seiner Nähe.

Das Verlangen, ihn zu berühren, die Wärme seiner Haut zu fühlen, ihn zu riechen, seinen Atem zu spüren und ihn zu küssen, würden diesen Augenblick und deinen Körper voll unter Strom setzen. Es wäre der Wahnsinn.
Man würde nicht die richtigen Worte dafür finden, diesen Zustand des Findens in der Liebe zu beschreiben. Es ist ein Schweben des Verliebtseins, und diese Glücksmomente dringen sehr

tief in dein Herz ein und möchten das Glück, diesen Menschen gefunden zu haben, nie wieder loslassen und hergeben.

So sollte eigentlich jede Liebe entstehen, sie sollte sich dauerhaft, ehrlich, ernsthaft und liebevoll entwickeln und nie zu Ende gehen, auch wenn sie sich mit den Jahren verändert.
Liebe wird man immer im Herzen spüren.

Geboren, um zu leben

Du bist geboren, um zu leben
zu lieben und glücklich zu sein
darum kehr um
und lass diese Liebe nicht sterben
gib ihr Zeit für ein wenig Zärtlichkeit

habe Geduld
und lass ihr viel Raum, sie zu fühlen
und sie zu atmen
sowie das Verlangen nach Wärme, Geborgenheit
und Sehnsucht zu spüren

Nimm ihr die Angst
all das zu verlieren, was sie im Herzen trägt, fühlt
und ihre Seele berauscht
lass sie all die Momente des Glücks aufnehmen
und die Liebe als etwas Göttliches einatmen

Ansonsten lässt man dir keinen Raum
schnürt dir die Kehle fast zu
und bringt dich um den Verstand
hetzt und verfolgt dich
und die Gespenster der Welt sind nur noch
Inhalt in deinem Leben

Der absolute Wahnsinn

Sommer ist einfach der Wahnsinn –
sich in der Sonne aalen und alle Wärme in deinen Körper fließen lassen, wohlfühlen und toben, baden oder alle Fünfe mal gerade sein lassen.
Es ist einfach eine Zeit, wo sich alles so leicht anfühlt, man ist so unbeschwert und vielleicht auch glücklich.
Sonnenstrahlen sind wie eine Kur für unseren Körper und unsere Seele. Sie suchen alles Negative in dir und lassen es aus deinem Körper fließen. Du bist gesund für das Leben.
Geh der Sonne entgegen und lebe diesen Tag voll aus, unternehme etwas und zeig der Welt, dass du dieses Leben leben willst.
Dieses sich Wohlfühlen und sich schon wieder auf den nächsten Tag freuen, ist Spannung pur und Lust aufs Leben.
So soll und so muss es auch sein, solange dein Herz in dir schlägt.
Das Negative wird so klein und verschwindet schon fast im Nichts, denn die Sonne fließt in unser Herz, lässt es atmen, schlagen und schließt die Tür für alles, was uns krank macht.
Diese Wärme, die uns umgibt, hüllt uns ein in eine Umarmung des Wohlfühlens und Glücklichseins.
Man fühlt sich so leicht und so sicher, so behütet und zufrieden mit sich und der Welt.

Glück, wo bist du

Ich spüre die Liebe
und kann sie nicht leben
habe Angst, das Glück niemals zu finden
und niemals wieder glücklich zu sein

Möchte dir doch so viel Liebe geben
dir Zärtlichkeit schenken
dich mit meiner Wärme verwöhnen
und dich all die liebevollen Berührungen
auf deiner Haut fühlen lassen

Würde dich lieben können
mit all deinen Fehlern und Mängeln
mit all diesen Schwächen, die nur ein Mensch
in sich tragen kann
könnte mit dir lachen und schweigen
allen könnte ich zeigen, dass ich dich liebe
so wie du bist
nicht, wie man dich gern hätte

Augenblicke am Morgen

Die Ruhe am Morgen ist Entspannung pur
ein sanfter Windhauch bringt den Duft
der Rosen zu mir rüber
und Nachbars Katze stiefelt gemütlich durch das nasse Gras

Die Bienen summen ihren Sommerhit
und der kleine Spatz an der Vogeltränke
stimmt sich schon mal ein, es gibt kein Bier auf Hawaii
alle sind bei bester Laune, denn die Sonne meint es heute
mit allen gut

Die Mücken fordern zum Tanz auf
und all die anderen Käfer und Sommerflieger
lassen es sich in den Kelchen
der üppigen Blumenwelt gutgehen

Fast alle Vögel beginnen jetzt mit ihrem Morgenkonzert
nur die Tauben erlauben sich laute Zwischenrufe
in der Ferne weckt der Hahn seine Hennen
und die Hunde bellen nach Frühstückshappen

Die Ruhe ist dahin, denn es wird laut
und der tägliche Wahnsinn beginnt wieder.

Fantasie in dir spüren

Schließ deine Augen und träum dich einfach weg.

Lass die warme Luft des Sommerabends, das leise Rauschen der Bäume und das angenehme Wehen des warmen Windes voll auf dich einwirken.

Dieser sanfte Hauch der Berührungen mit deinem Körper, das Prickeln auf deiner Haut, ist ein Gefühl voll Zärtlichkeit, von der du umhüllt wirst. Halt diesen schönen Moment fest, der sich anfühlt wie auf Wolke 7 gebettet.

Diese Leichtigkeit, die dich umgibt, die Unbeschwertheit und ein gewisses Gefühl der Ruhe lassen all deine Sinne in einen Rausch des Glücks ziehen. Es ist traumhaft schön, sich so frei und leicht zu fühlen, die Natur so genießen zu können, als wäre man im Paradies.

Dieses Träumen, weit weg zu sein vom Hier und Jetzt, zeigt dir den Weg, in eine Welt der Fantasie einzutauchen.

Dir vorzustellen, mit dem Glück spazieren zu gehen, all deine Gefühle auszuleben, dein Verlangen, das Begehren und die Lust nicht mehr zügeln zu müssen und deiner Liebe freien Lauf zu lassen, wäre unvorstellbar, aber schön. Einfach diesen Augenblick genießen und leben.

Das Zweifeln am Leben einfach fallen lassen und die Freiheit einatmen. Spüren, wie gut dir das tut, sich so zu fühlen, wie dein Herz es verlangt.

Dein Herz muss Freude spüren, muss wieder frei atmen können und das Leben wieder sinnvoll und lebenswert finden.

In deiner Fantasiewelt wirst du dir noch einiges vorstellen können, wie zum Beispiel einen Urlaub am Meer. Ein traumhaft schöner Sonnenuntergang, der ans Herz geht und deine Liebe blühen lässt, etwas Prickelndes im Glas, romantische Musik und liebevolle Berührungen beim Tanz. Im Hintergrund hörst du die Wellen rauschen und ein warmer Wind weht übers Meer.

Man könnte sich so hineinvertiefen und glauben, man wäre da, weil du es in deinem Herzen spürst.

Der Traum

Hab dich heut' Nacht im Traum gesehen
dein Blick war sanft und wunderschön
hast mich befreit von alter Last
und all das Böse war verschwunden
was sich im Traum hat breitgemacht

Es ist ein Traum
doch fühlte ich die Wärme tief im Herzen
all das Verlangen, dich zu spüren
dich lieben, zärtlich zu berühren
dich küssen und im Glück mich aalen
sich fühlen, als wenn tausend Sonnenstrahlen
mein Herz erwärmen

Ich möchte doch so liebend gern
dich noch durch diese Nacht bekleiden
dir nahe sein für den Moment
um einfach nur das Glück zu atmen
und Hoffnung für den neuen Tag

Doch die Nacht war noch ziemlich lang
und der Traum ging schnell zu Ende
das Loslösen unserer Hände war wie ein Abschied
denn die Bilder verblassten
und dein Lächeln verschwand in der Dunkelheit

Der Kuss

Der Kuss ist etwas ganz Persönliches, ein Beweis der Liebe zum anderen.

Man muss diese Nähe, Zuneigung, Sehnsucht und das Verlangen, dem anderen zu gehören, spüren, erst dann ist Liebe möglich.
Das Gefühl, ihm nahe zu sein, ihn zu berühren, zu atmen und seine Wärme in deinen Körper fließen zu lassen, wird durch einen Kuss besiegelt.

Er ist dir nahe und du berührst zärtlich sein Gesicht, die Wärme von dir geht in ihn über, deine Hände berühren seine Lippen und seinen Mund und deine Augen verlieren sich im lächelnden Blick deines Gegenübers. Beide Gesichter kommen sich immer näher und der Atem des anderen ist schon spürbar, der in diesem Moment all seine Sinne ins Nichts fallen lässt.
Das zärtliche Berühren seiner Lippen, das Verlangen, die Lust und das Begehren können dich nicht mehr zügeln, du musst ihn küssen.
Du spürst dieses In-dich-fallen-Lassen, dieses Ich-will-es-auch. In deinen Gedanken ist es ein Eindringen bis tief in ihn, es ist der Wahnsinn. Du denkst nicht ans Aufhören, deine Lippen pressen sich fest an seine und deine Zunge versucht, seine Zunge sanft zu berühren. Du merkst, er möchte es auch. Dieses Begehren ist zügellos, und beide fühlen, wie ihre Seelen diese Glücksmomente in sich aufnehmen und sie all ihre Sinne berauschen.

Denken kannst du in diesen Augenblicken gar nicht mehr, da sich dein Körper so leicht anfühlt, als würdest du schweben.

Diese Gefühle beim Kuss, das Verlangen, die zärtlichen Berührungen seines Körpers, all die Liebkosungen und das sanfte Streicheln bringen dich in einen Rausch der Gefühle, der dem Tanz auf dem Vulkan oder lodernden Fackeln im Wind ähnelt. Dein Körper fühlt die Wärme des anderen, die wie Fieber im Feuer brennt und dich in eine Welt der Fantasie versinken lässt.

Ein Kuss ist immer etwas ganz großes, wenn er von Herzen kommt und aus Liebe gegeben wird.

Ich liebe dich

Ich liebe dich, ist dieser kurze Satz einfach nur so dahingesagt oder liegt in diesen Worten ein tieferer Sinn?

Will ich diesem Menschen, der vor mir steht, zu verstehen geben: Ohne dich ist mein Leben leer, ich brauche dich zum Atmen, brauche deine Zärtlichkeit, Nähe, Wärme und Geborgenheit sowie dein Lächeln und die Sanftheit deiner Stimme? Ich habe Angst um dich, sorge mich, fühle mich hilflos, sei einfach da, denn die Sehnsucht ist groß und das Verlangen nach dieser Liebe lässt mein Herz nicht mehr los.

Möchte mit dir die Wärme der Sonne spüren, das Prickeln auf der Haut, wenn du mich zärtlich berührst, Regentropfen zählen und den Sonnenuntergang mit dir erleben, einschlafen und zusammen aufwachen, den Tag begrüßen, Leben spüren und die Welt erobern.

Schwierigkeiten, Unstimmigkeiten und unschöne Dinge, die in jedem Leben passieren, zusammen mit dir aus dem Weg räumen, Krankheiten gemeinsam durchstehen und überstehen, zusammen träumen, lieben und glücklich sein.

Immer versuchen, dem Alltag Zeit abzuverlangen, um mit dir gemeinsam Nähe zu atmen, Zärtlichkeit und Hingabe zu fühlen und zu geben.
Schon wenn man die Wärme und das Streicheln der Hände auf der Haut spürt, sowie den Herzschlag des anderen, werden all deine Sinne in einen Rausch versetzt, der unbeschreiblich schön ist, und alle Worte können nicht das ausdrücken, was du fühlst.

Deshalb sollte die Sehnsucht und das Verlangen nach dem Menschen, den du liebst, niemals aufhören und die Worte »Ich liebe dich« würden einen tieferen Sinn ergeben.

Bewegung im Wechsel

Perlen im Glas
sind wie die Wellen im Meer
das ständige Auf und Ab, dieses ewige Hin und Her
das Rollen und Toben in Höhen und Tiefen
das Gleiten bis zum untersten Grund

Der Wechsel der Farben
durch das Bewegen im Glas und das Spiel mit dem Licht
ist wie das Lied des Windes
was mit den Wellen des Meeres ins Nichts verschwindet

So wie die Perlen im Glas
oder die Wellen des Meeres
so ist das Alltägliche im ständigen Auf und Ab
immer in Bewegung, immer im Fluss

Dieser ständige Wechsel in unserem Leben
von gut zu schlecht, von böse zu lieb
oder von fröhlich zu traurig
ist uns vorgegeben und muss gelebt werden
ob wir es wollen oder nicht

Jeder bewegt sich in diesen Strom der Bewegungen
in das Hin und Her, in das Auf und Ab
nur so können wir bestehen
und unser Leben so annehmen, wie es ist
mit all den Bewegungen im Wechsel, um zu leben

Nur ein kleines Stück Glück

Mein Herz ist traurig
und Tränen fließen übers Gesicht
ich möchte doch nicht weinen
nein, ich will nicht weinen
was macht mein Herz nur mit mir

Wenn da nicht ein kleines Stück
vom Glück fehlen würde
könnte sich mein Herz endlich wohlfühlen
die Seele würde inneren Frieden finden
und das Leben wäre wieder perfekt

Doch das Leben ist oftmals nicht
leicht zu leben
die Wege sind steinig und hart
das Glück läuft dir davon
nur die Hoffnung ist dein ständiger Begleiter

Dennoch ist das Leben schön
und ich liebe das Leben
bin dankbar für jeden Tag, den man mir gibt
liebe die Blumen, die Wiesen, die Wälder
die Menschen, die Tiere, das Meer

Jeden Tag, den mir das Leben schenkt
kommt mir das Glück vielleicht ein Stück entgegen
die Hoffnung, dass das Glück mich endlich trifft
hält einfach an vor meinem Haus
kehrt ein und wohnt ab heute hier

Ein Tag legt sich zur Ruh

Die Ruhe des Abends legt ihren Schleier über das Land.
In der Ferne hört man noch die Autobahn und hier im Ort so manchen Hund bellen. Nachbars Hahn ruht mit seinen Hennen schon im Stall und all die anderen Tiere auf dem Bauernhof legen sich so langsam zur Ruh. Einige Vögel suchen noch ihren Schlafplatz auf und sausen durch den Abendhimmel. Es ist fast kein Laut mehr zu hören, nur das Rauschen des Windes in den Bäumen; es ist das Lied am Abend.
Schon wieder ist fast ein Tag vorbei. Es war ein schöner Tag, denn die Sonne meinte es gut mit uns und strahlte aus allen Richtungen. Die Wärme der Sonne ließ unsere Seele lachen und unser Herz nahm alles Schöne des Tages auf.
Jeder konnte den Tag so leben, wie er wollte.
Im Eiscafé um die Ecke war kaum noch ein Platz frei und die Schlange am Getränkestand nahm kein Ende.
Alle wollten die Strahlen der Sonne erhaschen und die Seele baumeln lassen. Zufriedenheit lag in der Luft und die Herzen der Menschen atmeten Glück. Man sollte gar nicht glauben, was allein die wärmenden Strahlen der Sonne für einen Einfluss auf das Leben der Menschen haben. Mit einer Leichtigkeit nimmt man den Tag an und erledigt viele Sachen im Handumdrehen. Man sieht die Welt bunt, fühlt sich frei und locker und genießt die Stunden.

Der Tag, der uns geschenkt wurde, geht zu Ende, und jeder für sich nahm diesen schönen Tag mit in die Nacht, und die Stille ließ das Geschehene des Tages in unseren Gedanken vorbeiziehen.
Die Geräusche der Nacht wurden immer leiser und der Schlaf gab dem Tag einen letzten Atemzug.

Der Frühling weckt uns

Frühling ist wie Gewecktwerden nach den kalten Wintertagen
aufwachen und die warme Luft spüren
den Duft der Blüten einatmen
und dem Geräusch der Explosion der Natur lauschen

Der Frühling verwöhnt unsere Herzen und unsere Seele
er umarmt uns mit Wärme, Farben und Düften
er lässt uns staunen und mit dem Herzen sehen

Er gibt uns die Kraft, die schönen Dinge des Lebens zu finden
und zu leben
Schwierigkeiten zu überwinden und unser Leben
den Sinn unseres Daseins zu begreifen und zu schätzen

Allein durch die Vielfalt der Farben und Düfte beim Erwachen
der Natur
und das Wahrnehmen und Berauschen unserer Sinne
gibt der Frühling den Startschuss, unser Leben zu lieben und
die Berechtigung, glücklich zu sein.

ALICE STERN

Die kleine, dicke Raupe Annabell

Auf einer Waldlichtung lebte, tief unter Brennesselblättern versteckt, eine kleine, dicke Raupe. Sie war ganz allein und nannte sich Annabell. Annabell war sehr traurig, weil sie keine Freunde hatte. Immer musste sie sich gut vor den Vögeln des Waldes verstecken, denn sie wäre eine willkommene Mahlzeit für sie gewesen.

Tagsüber schlief sie sehr viel, aber nachts, wenn alles ruhig war, begann sie mit sich selbst zu erzählen. Das machte ihre Einsamkeit etwas erträglicher. Sie erzählte sich Geschichten von der Sonne, den Blumen, dem Mond und den Sternen, auch von Regen und Wind.

Eines Nachts kam ein kleiner, frecher Spatz in die Nähe geflogen, er fühlte sich auch allein und setzte sich neben den Brennesselbusch. Ganz still und bewegungslos lauschte er den wunderschönen Geschichten von Annabell. Das ging einige Nächte so weiter, bis die beiden ins Gespräch kamen. Jeder fühlte sich einsam und schlecht behandelt. Schnell wurden sie beste Freunde und trafen sich jede Nacht.

Der kleine, freche Spatz erzählte seiner Familie von der Raupe und ihren spannenden Geschichten. Die anderen Vögel wollten es nicht glauben und haben die Raupe ausgelacht: »Kleine, dicke Annabell, du frisst zu schnell«, waren noch die harmlosesten Verspottungen. Sie hätten die Raupe lieber gern selbst gefressen. Der kleine Spatz konnte sie gerade noch davon abhalten und überzeugen, einige der Geschichten anzuhören.

Es herrschte absolute Stille und alle Vögel des Waldes kamen, um der kleinen, dicken Raupe zuzuhören. Niemand hatte mehr ein böses Wort für Annabell übrig. Trotzdem fühlte sie sich immer noch klein, dick und hässlich. Die anderen Vögel waren in ihren Augen schön, bunt und beweglich. Annabell kroch nur langsam vor sich hin.

Der älteste Vogel sagte zu Annabell: »Wer so schöne Geschichten erzählen kann, ist nicht hässlich, hat ein gütiges, ehrliches Herz. Warte die Zeit ab und du wirst sehen, dass du eines Tages für alle Tiere und Menschen wunderschön sein wirst. Alle werden dich lieben und sich an deinen Farben erfreuen.«

Endlich, an einem warmen Sommertag war es so weit. Annabell, die mittlerweile eine kleine, dicke Puppe geworden war, begann sich zu öffnen und aus ihrer Hülle zu kriechen.

Welch ein leichter, farbenfroher Schmetterling doch aus Annabell geworden war! Sämtliche Farben der Erde konnte man sehen. Auf seinen äußeren Flügeln waren vier bunte Kreise zu erkennen, sie sahen aus wie Augen. Alle waren begeistert und erfreut! Am meisten freute sich aber Annabell. Mit leichtem Flügelschlag flog sie über die Wiesen, besuchte die Blumen, über die sie immer erzählt hatte. Sie genoss die warmen Sonnenstrahlen und war sehr glücklich.

Wenn ihr einen Schmetterling mit vier Augen auf den Flügeln seht, denkt an die Geschichte zurück. Aus Annabell ist ein Tagpfauenauge geworden. Lasst ihn fliegen und tut ihm nicht weh!

In der Stille der Nacht

In der Stille der Nacht bin ich mit Tränen erwacht. Wie viel Kummer erträgt mein Herz, wie groß ist der Schmerz? Ich denke an dich und bin allein, warum muss das so sein?

Du kämpfst für das Recht, weit in der Ferne, mir bleibt nur das Leuchten der Sterne. Die Angst, sie umklammert mich, es wäre kein Leben ohne dich.

Warum müssen die Menschen Kriege führen? Kann nicht Liebe ihre Herzen rühren? Jedes Opfer ist eines zu viel. Denn hinter jedem steht ein Gefühl!

Es gibt nur diese einzige Welt, aber der Mensch strebt nach Macht und Geld. Er wird die Erde für immer zerstören, wenn wir nicht endlich die Vernunft erhören!

Es ist egal, wo man herkommt, wer man auch sei, wenn alle was ändern, dann sind wir frei. Respekt, Vertrauen und Liebe sind alles, was zählt, fröhliches Kinderlachen rund um die Welt!

Niemand soll mehr Hunger leiden! Hört auf, euch in Uniformen zu kleiden! Singt gemeinsam das Lied von Frieden und Glück, dann kommt vielleicht … die Menschlichkeit endlich zurück!

Wenn ....

Wenn ...... kein Salz mehr im Meer
.... die Netze der Fischer leer
.... keine Kirsche mehr rot
.... die Welt ohne Brot

Wenn ...... die Sonne verglüht
.... die letzte Blume verblüht
.... die Wüste ohne Sand
.... der Mensch ohne Verstand

Wenn ...... der Himmel ohne Sterne
.... kein Horizont in der Ferne
.... kein Kind mehr lacht
.... niemand mehr Späße macht

Wenn ...... mein Mund keine Worte mehr findet
.... ein jeder die Angst überwindet
.... meine Augen ohne Tränen
.... wir »Hoffnung« nicht mehr erwähnen
.... keine Brücke mehr trägt
.... und mein Herz nicht mehr schlägt ....
dann ... erst ... dann ... erst ... werde ich aufhören ...
.... aufhören, dich zu lieben! ....

RUDOLF WELTER

Fragmente. Eine Sammlung (Leseprobe)

Nicht weiter im Text

Der Schriftsteller Robert Musil sitzt in der Wohnung an der Rasumofskygasse in Wien am Schreibtisch. Vor ihm liegen die ersten hundert Seiten Text zu seinem Roman *Der Mann ohne Eigenschaften*. Und dort ruhen sie jetzt. Er erkennt zwar viele Möglichkeiten, wie der Rest des Aufbaus seines Romans aussehen könnte, findet aber nicht die Worte, die zu Sätzen zusammengefügt werden könnten. An den Abbruch des Projektes denkt er aber nicht.

Musil war in seinem Denken und Schreiben ein *Möglichkeitsmensch*. Möglich, dass ihm seine Ansprüche zum Schreiben in Möglichkeiten zu komplex erschienen und er nicht weiter formulieren konnte. So soll er von der Fülle von teilweise über zwanzigmal überarbeiteten Texten verunsichert worden sein, für das Weiterschreiben eine Version zu wählen. Musil löste die Verunsicherungen, indem er die »Sachen stehen ließ« und anfing zu lesen. Am unvollendeten Roman hat Musil bis zu seinem Tode in Genf weitergeschrieben, viele hundert Seiten kamen dazu. Einige hundert Seiten wurden erst nach Musils Tod publiziert.

Ob sich Musil wohl fragte, was der Literaturbetrieb von der Unvollständigkeit seines Romans hielt?

Entleertes Dorf

Ein ganzes Dorf hat sich entleert. Die Menschen sind weg. Familien, Alte, Kühe, Pferde und Schweine sind weg; Kaninchen und Hühner sind weg; Hunde und Katzen sind weg; das Leben im Dorf ist weg. Nur die nicht domestizierten kleinen, kleinsten unsichtbaren Lebewesen sind im Dorf verblieben und sind nun den Gefahren völlig ausgesetzt. Ruhe ist eingekehrt. Glühbirnen und Kerzen ausgelöscht. Und die steinernen, hölzernen und gläsernen Gefüge und Formationen der Wohnhäuser, Ställe, Scheunen, der Kirche und des Schulhauses stehen verlassen da. Tische und Stühle sind unbesetzt, Schranktüren unangetastet. Und alle Einrichtungen zur Bewältigung des täglichen Lebens bleiben ungenutzt. In vielen Stuben sind Besorgnisse und Ängste zurückgeblieben: Wie lange müssen wir wegbleiben? Können wir wieder zurückkehren? Bleiben Ruinen zurück? Viele persönliche Gegenstände mussten zurückgelassen werden: Sehen wir sie noch einmal?

Geologen sagen einen Bergsturz voraus. In ein, zwei Wochen könnte es so weit sein, sagen sie. Der Bergsturz gefährde das Dorf oder Teile davon, sagen sie, und es könne nicht vorausgesagt werden, ob der Bergsturz als Ganzes oder in Raten komme.

Der Bergsturz kam in einem ganzen Rutsch, das Dorf blieb aber unversehrt, und die Menschen konnten mit ihren Tieren in ihre Häuser und Ställe zurückkehren. Das Dorf ist wieder zu einem richtigen Dorf geworden. Fragmente können auch wieder zu einem Ganzen zusammengeführt werden, mit oder ohne die Hilfe der Natur.

Nur Einbildung

Lisa liegt halbwach im Bett. Sie erwachte aus einem Traum, der in ihr wieder eine Erinnerung an ein Ereignis wachrief, das in ihrer frühen Kindheit passierte. Sie erinnert sich daran, wie sie ein Mann auf einem Spielplatz entführen wollte und wie ihr Kindermädchen nach einer kurzen Abwesenheit noch rechtzeitig eingreifen konnte.

Lisa versucht jetzt im Halbschlaf, sich den Mann vorzustellen, wie er ausgesehen hatte, was er für eine Kleidung trug, wie er sie angesprochen hatte. Sie versucht sich die Umgebung vorzustellen: die Spielgeräte, die auf dem Platz vorhanden waren, die anderen Kinder, die spielten, die Erwachsenen, welche die Kinder betreuten.

Das Wetter: War es warm, kalt, sonnig? Lisa ist der Verzweiflung nahe: Vieles fällt mir ein, aber stimmt alles, an das ich mich erinnere?, fragt sie sich. Lücken tauchen auf: Was habe ich gespürt, als mich der Mann angesprochen hat? Hatte ich Angst, rief ich um Hilfe? Ich muss am Morgen meine Eltern fragen, die können mir helfen, dieses Ereignis zu rekonstruieren. Es beschäftigt mich sehr.

So erzählt sie ihren Eltern davon und diese können den Ausführungen ihrer Tochter kaum glauben. Was sie erfahren habe, sei nämlich gar nicht passiert, erklären sie Lisa. Das Kindermädchen habe die Geschichte als Ausrede frei erfunden, als sie einmal verspätet mit ihr nach Hause gekommen sei, und sie, Lisa, wäre bei diesem erfundenen Gespräch anwesend gewesen. Lisa traut ihren Ohren nicht und merkt sich, dass Erinnerungen auch nur Fragmente einer Realität sein können.

Textfragmente

In einer Gesamtausgabe der Werke von Bertold Brecht sind rund zweitausendeinhundertfünfzig Gedichte, Balladen, Liedertexte und Übersetzungen von Gedichten vereinigt. Bei sechsunddreißig hat Brecht den Vermerk *Fragment* darunter gesetzt. Hat Brecht Angefangenes nicht vollenden wollen? Hat er das Interesse an einem Thema verloren? Ist er beim Schreiben kurz abwesend gewesen und hat die Fortsetzung nicht mehr gefunden? Zweifelte er gar an der Form des Gedichtes als Literatur? Brecht selbst schreibt: »Ich, der Schreibende, muss nichts fertig machen. Es genügt, dass ich mich unterrichte.«

Unter Schreiben versteht Brecht nicht ein zu verfertigendes Ganzes, sondern Teil eines Lernprozesses. Und das gilt für den Schreibenden wie auch für den Lesenden. Der Leser wird aufgefordert, das Fragment zu erkennen, es zu ergänzen: Er muss eine Leistung vollbringen. Für Brecht ist ein unfertiges Produkt nicht ein gescheitertes Produkt. Menschen betrachten einen Halbmond auch nicht als eine gescheiterte Form, wir vervollständigen ihn aus Erfahrung automatisch zu einem Vollmond.

ZYGMUNT WIELOWIEJSKI

Urgestalten des Sitzens

für die habseligkeiten den schwangeren bänker, will
man: hurra!   rufen.
ein laufband, eine gemeinsame sache,
                    in portionen angeboten.
bärtige o!, o!   gemochtes
stundenpissen in den Akten erogene zonen.

die lebensläufe … auf dem spieß: ach!

                    dort juckt die neugier.
                    für die perversion
                    der anzug-beinhaltenden,
                    die das leidende gefühl
                    vergewaltigen.

schick schick   »umgekrempelt«
das buttergesicht in der weißen pomade.
    kein zorn? …   kein zorn, sondern
    ein desaster auf dem weg
    in die grätsche.

pochen auf befehl. fluchen mit bedarf.
zeigen mit dem finger. treten seine stunden.

koffeinierte blut-gerinnung.
schlappschwänze und examinatoren.
urinautoren mit einem kugelschreiber
bewaffnet, in den tiefen
prä- gewöhnliche menschen.

Die Hinrichtung der Folgen

– der schmerz auf dem weg der verbesserung –
eine demolierte geste, wenn
es fällt,   – das abbild der folgen:
***muskelfaserriss** …*   ***verstauchung** …*

                    offener bruch … kaum
wahrgenommen die vermutungen.   die

boshaftigkeit spielt dabei die clownrolle. wer

kooperiert demnach mit den folgen? der arzt?
die krankenschwester?
»ich?, mein eigenes …, interesse? ↔ oder?«
desinteresse, indem das wehtut.

na ja, schlauer wird keiner, und nicht geheilt.

quicklebendig wird währenddessen die schwäche,
zuzugeben,   die zärtliche hinrichtung des
falles.

die unendlichkeit der heilung, niemand wagt es zu
behaupten,   in welcher richtung breitet
sich der schmerzurknall aus.

aufgebaute mauer: vorwürfe halten dort die wache.
nicht aufgepasst, nur als vorwand eingeredet.
ein trockengewebe auf dem

mutterleib,   vater: nicht weinen!
bloß nicht jammern,
auf dem weg zur verbesserung!

Während der Prüfung verlorenes Genie

ochsenauge, defibrilliert! frösche in den augen dazu.
genau in dem knick der stunde, die unpünktlichkeit,
die hure für freidenker.

ich übertrage meine spannung auf mich: verdreifacht
und gleich ineinander agiert.

das kleeblatt gepresst, angebissen … ist da, nebenbei
ein zettel mit endlos wimmelnden befehlen.
unter den ellenbogen:

die welt. zerdrückt, vergewaltigt, gekuschelt,
angespuckt.

in dem kopf das genie (aber kleingeschrieben).

jetzt …, irgendwie …, abgewischt. rotznase, oder
der erste weinkrampf. krampf der entscheidung.

legebatterie, batterie – akku, dreiviertel voll.

was spricht dagegen? wogegen? wer spricht
ist hier verloren. man fliegt mit fantastischen
freundlichkeiten raus.

vor gesammelter schülerschaft!
also: ist man – weiter, und bricht die schale
der aufregung, und schafft man, und ist man wieder
oben: mit heruntergezogenen hosen

und bierflasche, und kackt man in dem busch,
weil alles egal ist?

Fahrradtour

sich selber zu wünschen auf verbarrikadierten
vorstellungen, fragwürdig diese
denk-mal, diese befehle?
(ende der wünsche!)

schlieren mitgestalten, neben der piste
das rennen von dem RENNEN,
(radspeicher nr.8 angebot). der strich des weges.

die fahrradtour
mit dem einfluss des windes.

jeder meter als landschaftskaraoke gemessen.
die fahrradtour vergoldet, so entnommen
und paarweise bestätigt.

rundum auch bewältigt und als locker empfunden.
lümmeln kommt nicht in die tüte,
straffe muskeln: tritt in den arsch und
mineralwasser (MEDIUM).

verwilderte apfelbäume: es riecht …
ein kranz auf dem feld.

Auf dem Weg nach Elsfleth

… der kranz.
wieder?   in wellen.
unsere hände. ein muss.
man reimt sich aneinander.   oder?

man rammt sich an die
gegenüberstellung? – gereimt eben –

die müde hunte am straßenrand,
die weser zersprengt ihren lauf: (gemeint
als fahrradweg und co.),
das straßenunkraut
hochgewachsen.
nicht geschnitten.   gemein.   sehr gemein.

es entgeht noch sehr kurz dem nackten,
das nichts.
es entgeht länger, als man denkt,
das kahle und das nackte … dem nichts.

komm mit nelken-nippel, du kranz!

immer noch.   in wellen.
man nimmt sich.   wieder.   und
reimt gegenseitig.

Kommt mit Wiederholungen!

TINA ZETT

Vertrauensbruch

Meine Worte haben den Boden unter dir weggerissen.
Deine Seele gefangen im runden leeren Raum.
Nur kalter, nackter Stein, der Ausgang versperrt.
Ich rüttle von außen an unnachgiebigen Wänden.
Der runde Raum hat Ecken, glaub mir doch!
Sieh nach, du findest darin noch so vieles,
das sich lohnt, zu bewahren.
Hinein zu dir kann ich nicht gelangen,
nur von außen verzweifelt rufen.
Die Tür musst du selbst öffnen.
Wenn du nur willst, wirst du den Schlüssel finden.
Bitte, komm doch heraus!

Waagschalen

Kaum zu tragen ist die Last,
die in der einen Schale liegt.
Was du jetzt erfahren hast,
den Balken schwer zur Erde biegt.

Lass uns suchen nach Gewichten,
die andere Seite zu beschweren.
Liebe kann so viel verrichten
und ich will dich nicht entbehren.

Jäh enttäuscht ist dein Vertrauen.
Ich kann in deine Seele schauen,
die verwundet vor mir liegt.

Ich werfe Erinnerungen hinein:
Die Schale füllt sich Stein um Stein,
bis sie endlich überwiegt.

Vergessene Liebe

Ich hatte vergessen, wie sehr wir uns liebten.
Ich hatte vergessen, wie du mich erfüllst.
Ich hatte vergessen, wie viel wir uns gaben.
Ich hatte vergessen, wie gut du mir tust.

Zu meinen Füßen warst du meine Basis,
der Startpunkt für Flüge hinaus in die Welt.
Mein sicherer Ort, mein warmes Zuhause.
Warum hab ich mich davon nur so weit entfernt?

Wie konnt ich vergessen, wie sehr wir uns lieben,
wie viel uns verbindet, die Kraft, die uns hält?
Den gemeinsamen Weg, die Brücken und Ufer,
die Höhen und Tiefen und alles, was zählt.

Ich hab dein Vertrauen mit Füßen getreten,
deine Seele verletzt, Abenteuer gesucht.
Bin auf verbotenen Wegen gegangen,
hab gemeinsame Grenzen allein überquert.

Wenn wir nie mehr vergessen, wie sehr wir noch lieben,
wie sehr wir uns brauchen, wie gut wir uns tun,
könnten wir neu beginnen, könnte neue Saat wachsen.
Komm, wir haben noch Hoffnung, komm, es ist nicht zu spät.

Unser Plan vom Glück

Einst hatten wir beide
unsre Pläne vom Glück.
Haben Unken verlacht
und Bedenken verwischt.
Gemeinsam unschlagbar,
beieinander geborgen.
Nichts war unmöglich,
es war niemals zu spät.

Ich hab ihn verraten,
ging verbotene Wege.
Das Unmögliche ist nun
trotz Bedenken geschehn.
Dein Vertrauen zerschlagen.
Die Richtung geändert.
Es ist viel zu spät,
es führt kein Weg mehr zurück.

Das Papier ist zerknittert,
die Karte zerrissen.
Doch der Weg ist noch da.
Willst du ihn mit mir gehn?
Hab mich unsrer Versprechen
aufs Neue besonnen.
Er ist noch in den Köpfen,
unser Plan vom Glück.

Ikarus

Meine Höhenflüge
führten zu nah ans Feuer.
Meine Haut ist verbrannt,
die Schwingen tragen nicht mehr.

Doch aus allen Wolken gefallen,
am Boden zerstört,
die Flügel gebrochen,
verletzt und enttäuscht: Das bist du.

Wir leben noch immer.
Lass uns aufstehn und gehen.
Der Fußweg führt langsam
aber sicher zum Ziel.

Das heimatliche Haus

Dem Elternhaus entwachsen
zog ich bei dir ein.
Neue Räume zur gemeinsamen Entdeckung,
neue Teppiche im sonst noch leeren Zimmer
lustvoll eingeweiht.
Verborgenes liebevoll erkundet,
tief eingedrungen in Unbekanntes.
Die Weite freier Räume schien unbegrenzt,
so viel Platz für Gemeinsamkeit.
Räume zum Lieben und Schlafen und Essen und Reden.

Wurden mit der Zeit die Tapeten grau
oder war es das Licht?
Verstaubte Regale, biedere Schubladen, abblätternde
Fassaden. Rückten die Wände enger zusammen?
Die Weite lag auf der anderen Seite der Tür.

Verheißungsvoll ein Haus in einer fernen Straße.
Neue Zimmer zu erkunden,
heiße und kalte, mit anderer Sicht.
Betreten verboten: trotz klopfendem Herzen
über die Schwelle getreten.
Zu viele Fallstricke in geheimen Gängen,
der Preis letztendlich zu hoch.

Bei meiner Rückkehr fand ich die Tür noch offen,
den Grundriss so vertraut.
Einige zersprungene Scheiben brechen anders das Licht,
doch der Mörtel ungeahnt haltbar.
Unverdient wohlig das Feuer im Kamin.
Ich kam, um zu bleiben.
Hier bin ich daheim.

Maria Magdalena

Ich kenne jetzt die Rolle
der Maria Magdalena.
Du hast mir verziehen
in deiner unergründlichen Liebe.
Den, der das schon vor langer Zeit getan,
verleugnest du.
Und doch bist du ihm auf seinem Weg
viel weiter nachgegangen
als ich, die ich an ihn glaube,
jemals gekommen bin.

MILICA ZIVOTIC

Der Fischer

Das Meer ist still. Da kommt ein Sturm.
Es hatte zu viel und jetzt ist genug.
In der Ferne ist ein Leuchtturm.
Seine Lichter sind zu schwach.
Der Wind beginnt zu blasen
und weg ist sein Dach.
Ein Fischer ist allein auf seinem Boot.
Er ist gefangen von den Wellen.
Hilflos betet er zu dem Gott,
den Sturm stillzustellen nur für einen Moment.
Es passiert nichts,
allein auf sich verlassen
probiert der Fischer alle Tricks, die er kennt.
Die Wellen können ihn jederzeit fassen
und in die Tiefe ziehen.
Er weiß nicht, was alles da unten existiert,
er ist nur mit seinen Fischen befreundet.
Am Ende seines Lebens er fantasiert,
welche Welt wird er sehen mit großer Freude!
Mit seinem Ende ist er jetzt im Frieden.
Er ist jetzt des Meeres Fang.
Er spürt auch keinen Drang mehr zu fliehen.
Oh, wie schön ist es, loszulassen und zu akzeptieren …
Die Wellen werden ihn bald in die Tiefe ziehen und das ist fein.
Die Freundschaft mit dem Meer war seines Lebens Schein.
Er ist eins mit dem Meer und für immer mag er mit dem Meer vereint sein.
Als ein Teil von etwas Großen wird er niemals wieder klein.

Irrgarten

Ich bin in einem Irrgarten und suche den Ausgang.
Hilfe habe ich gerufen, kann aber nicht mehr warten,
jeder Gang ist für mich der gleiche.
Ich laufe schneller und schneller,
aber vom richtigen Wege tue ich abweichen.
Ich bin so verwirrt … Jetzt bin ich echt eine Irre,
die in einem Irrgarten irrt.
Der schlimmste meiner Albträume.
Baum nach dem Baum, alles dieselben Bäume …
Raum nach dem Raum, alles dieselben Räume …
Ist da ein Hinweis, den ich zu sehen versäume?
Flüstert mir der Wind etwas in die Ohren?
Gibt er mir Hoffnung oder bestätigt er mir, ich habe mich verloren?
Das Laufen hat mir meine Kraft gestohlen,
ich komme jetzt nicht weiter.
Es wird immer enger und enger, und das Labyrinth ist immer breiter.
Ich kann doch nicht alle Gänge erforschen.
Dazu brauche ich ein ganzes Leben.
Ich muss unbekannten Gesetzen gehorchen
und darf nicht nach mehr streben.
Das sollte mich dieses Labyrinth lehren,
was passiert mit den Menschen,
die sich wehren.
Vielleicht wenn ich sterbe,
wird mich die Welt ihren Maßen nach wieder gebären.
Neugeboren werde ich zum Ursprung wiederkehren.

Ich liebe dich

»Ich liebe dich«, so einfach gesagt,
So wenig durchdacht,
So selten gezeigt,
Noch seltener gewagt.
»Ich liebe dich«, nur drei Wörter. Nichts mehr,
Ein Satz, des Menschen gefährlichstes Gewehr,
Viel Bedeutung in einer Zeile,
Versteckt vor den bloßen Sinnen,
Ein ewiger Kampf zwischen Gefühl und Verstand,
Nur gemeinsam können sie gewinnen,
Gemeinsam alle Wege gehen, flache und steile,
Einander Kraft geben, füreinander da sein,
Nach denselben Zielen streben.
»Ich liebe dich«, hört sich an so rein vom Herzen kommend,
Ehrlich gemeint und mit der ganzen Seele wollend,
»Ich liebe dich« in der Nacht und am Tag,
Zum Frühstück und zum Mittag,
»Ich liebe dich« auch voll bitter,
Im Sommer sowie im Winter,
»Ich liebe dich« nackt und angezogen,
»Ich liebe dich« hört sich schön an,
Wenn ehrlich und nicht verborgen,
Gestern, heute und morgen.

Wegfliegen

Ich fliege weg,
ohne einen Plan, ohne eine Orientierungskarte.
Ich fliege weg,
ich lasse mich auf den Himmel ein
und los, ich starte …
Ich breite meine Flügel aus,
ich warte auf Windes Stoß,
da hoch hinaus
finde ich meinen Trost.
Zwischen den Himmelsdecken
und im Regen,
wartet, von mir entdeckt zu werden,
meines Lebens Segen.
Nach Hause angekommen,
höre ich die Himmelstrommeln.
Sie spielen des Glückes Ode,
Engel singen Gottes Lobe,
Garten Edens Tore sind offen,
mein Herz kann wieder hoffen.
Erleichtert folge ich dem Gesang, doch der Weg ist zu lang,
die Sonne verbrennt meine Flügel,
aus den Höhen falle ich auf einen Hügel.
Erneuert am Anfang, im alten Nest,
muss ich wieder an das Unsichtbare glauben,
ich kann das, ich bestehe noch diesen Test,
in meinem Herzen steht Folgendes fest:
Wer nur einen Schritt macht,
der schafft auch den Rest.

AUTORENSPIEGEL

Horst Apel 7

Geb. 1946; berufliches Engagement: Dipl. Päd., Sonderpäd., Gründer einer Förderschule als Sonderschulrektor, Regierungschuldirektor a. D., nachdienstlich Dozent in Kreisvolkshochschulen: aktive entwicklungspsychologische Modellforschung in »frühe Mathematik«, »Kinder auf dem Weg zum Schriftspracherwerb«, Ausbildung von Erzieherinnen zu Entwicklungsbegleiterinnen. Künstlerisch-schriftstellerische Tätigkeiten: Malerei, Plastik, Drucken, Tonarbeiten, textliches Arbeiten in Prosa (Kurzgeschichten, Jugendroman, Märchen), in Lyrik (zahlreiche Gedichte); kaum Veröffentlichungen, Teilnahme an regionalen Ausstellungen und Wettbewerben.

Fred Bannwarth 12

Geb. 1932, Exportkaufmann. Mehr als 22 Jahre lebte und arbeitete er in Stuttgart bei einem weltbekannten Automobilhersteller als Korrespondent. Schon zu dieser Zeit schrieb er nebenher Gedichte, viele Leserbriefe und auch Kurzprosa-Texte. Bei einer Ausschreibung von NABU teilte er sich den ersten Preis mit einem Kollegen. Das Schreiben von Gedichten ist weiterhin sein Hobby, bei Vereinen und Seniorentreffen sind seine Lesungen willkommen. – Buchveröffentlichungen im deutschen lyrik verlag (dlv): TANTE FRIEDA UND ANDERE TYPEN (2020) und ALTE UND NEUE MÄRCHEN (2021) sowie WITZIGES AUS DER GEDICHTKISTE (2022).

Siegfried Baudach 24

Geb. 1940. Postfachschule, Abschluss Kulturwissenschaft an der Humboldt Universität Berlin. Tätig im gewerkschaftlichen Kulturbereich Post- und Bahn-Bezirk Berlin. Nach Lehrzeit Korrespondent in Bezirkspresse, Arbeit in Arbeitsgemeinschaften; Literaturinstitut Leipzig (Abschluss 1975). – Veröffentlichungen: Erzählungen in Anthologien, Gedichte in Wochenzeitschriften und im Internet sowie zehn

Lyrikausgaben im Eigenverlag. – Buchveröffentlichung im deutschen lyrik verlag (dlv): Musst ja nicht warten (2014). – Zahlreiche Veröffentlichungen in der Anthologie Lyrik und Prosa unserer Zeit des Karin Fischer Verlags.

Friedhold Bauer *30*

Geb. 1934 in Schweikershain bei Mittweida (Sachsen), Musikschüler, Student der Theaterwissenschaften, Dramaturg am Theater in Brandenburg, Verlagslektor in Leipzig (Friedrich Hofmeister) und Berlin (Henschelverlag), seit 1967 freischaffend, schrieb u. a. Stücke und Bearbeitungen für Theater und Funk sowie Szenarien für Film und Fernsehen. – Zahlreiche Veröffentlichungen in der Anthologie Lyrik und Prosa unserer Zeit des Karin Fischer Verlags. – Buchveröffentlichungen im Karin Fischer Verlag: Kuriosa/von Babylon über Abdera bis Schilda und Umgebung (2013), Der Hahn oder die Träume des Schusters Mykill/Ein tragikomisches Spiel (2014), Das Idol von Mordassow/Komödie in drei Akten nach Dostojewski (2015), Nachschläge. Aus der Gerüchteküche linkerseits (2018) und zuletzt Kuckucksnester. Land zu Land Geschichten (2022). Ein weiterer Gedichtband befindet sich in der Vorbereitung.

Peter Biqué *39*

Geb. 1948, Dolmetscher und Autor in Oberursel (Taunus). – 15 Jahre (bis 1990) Mitarbeit bei einer Presseagentur in Günzburg. Weit über 3.000 Texte in Zeitungen und Zeitschriften im In- und Ausland, davon 1.000 Bernemann- und 500 Schulgeschichten, außerdem Reiseskizzen, Alltagssatiren und Feuilleton-Artikel, Rundfunkbeiträge und Stories in Anthologien und Kalendern.
Rudolf-Descher-Feder 1994. – Zahlreiche Veröffentlichungen in der Anthologie Lyrik und Prosa unserer Zeit des Karin Fischer Verlags. – Bisher erschienen im Karin Fischer Verlag zwei Bernemann-Bücher: Schöne Tage an der Nordsee (2019) und Bernemann sitzt auf der Düne (2020).

Bianca Broschek *56*

Geb. 1980 in München, lebt seither, ausgenommen einiger Exkursionen nach Australien und ins städtische Leben, in Zorneding. Zwar arbeitet sie nach Beendigung ihrer schulischen Laufbahn als Zahntechnikerin, hat jedoch seit der Entdeckung der Aufwallung ihres wahren Herzblutes schon als Jugendliche ihre Bestimmung im Schreiben gefunden und im Privaten weitergeführt. Die um 2008 entstandene Gedicht- und Lyriksammlung SCHEINGEDANKEN UND HALBWISSEN hat sie, wie das darauffolgende WAHNSINN UND WIRKUNGSGRAD in eigener Regie als Buch drucken lassen und bei Kindle unter dem Pseudonym Jack Hyde veröffentlicht. 2015 folgte dann der DICKE HASE, eine Aneinanderreihung von Kurzprosa, Stories, Lyrik und Essays, welche ebenfalls den Autorennamen Jack Hydes trägt und auf Kindle zu entdecken wäre. Im Moment arbeitet sie an ihrem ersten Roman.

Hanne Frangoul *72*

Geb. 1940 in Wangen/Allgäu. Nach Schule und Ausbildung brach die Autorin 1962 nach England auf, um ihr Englisch zu vervollkommnen. Zwölf Jahre lang lebte sie in verschiedenen Ländern. 1972 schließlich kehrte sie in ihre Heimatstadt Wangen zurück. – Zahlreiche Veröffentlichungen in der Anthologie LYRIK UND PROSA UNSERER ZEIT des Karin Fischer Verlags. – Buchveröffentlichungen im Karin Fischer Verlag: DARF ES AUCH MAL SCHRÄG SEIN?, 5 SKURRILE KÜSSCHEN (2017) sowie ÖFFNET EURE HERZEN, KINDER! (2021).

Chris Grünberger *77*

Chris Grünberger ist in Melbourne, Australien aufgewachsen und hat in Tübingen Anglistik, Romanistik, wissenschaftl. Pädagogik und Psychologie studiert. Ihre besondere Liebe gilt der englischen Literatur (Shakespeare, D.H. Lawrence, Hemingway u. a.). Viele Reiseerfahrungen und interessante Begegnungen inspirieren ihr literarisches Schaffen. Grünberger ist Mitglied bei den »Digital Media Women.« – Bisherige Buchveröffentlichung im Karin Fischer Verlag: STUTTGART, HONGKONG, NEUSEELAND. EINE REISE MIT FOLGEN (2022) sowie Teilnahme an der Anthologie LYRIK UND PROSA UNSERER ZEIT, Neue Folge Bde. 34 u. 35 des Karin Fischer Verlags. Ein neuer Roman befindet sich in der Vorbereitung.

Till Hering *98*

Geb. 1985; Jurist und Autor aus Göttingen – Lyrik und Romane.

Roland Holzmair *103*

Geb. 1962 in Innsbruck (Tirol), als öffentlich Bediensteter tätig. – Bisher keine Veröffentlichungen. Der Autor schreibt gerne Gedichte mit Sinn und Humor.

Jiafeng Ji *108*

Geb. 1998 in Xinjiang, China; Dichter und Musiker; studierte Englisch an der Peking University; lebt derzeit in Deutschland und arbeite als Freiberufler.

Kristina mit K. *112*

Geb. 1985 in Sulzbach-Rosenberg. Lehre zur Kauffrau für Bürokommunikation. Danach Abitur und Lehramtsstudium für Mathematik und Physik. Nachfolgend Studium zur Chorleitung für das kirchenmusikalische Nebenamt in Bayreuth. Seit 2022 Landschaftsobstbaumpflegerin und Angestellte in einem Gartencenter. – Teilnahme an der Anthologie LYRIK UND PROSA UNSERER ZEIT, Neue Folge, Bde. 24–27 des Karin Fischer Verlags. 2017 erschien im deutschen lyrik verlag (dlv) ihr Lyrikband GEDICHTE MIT NACHKLANG. Exemplare sind zu beziehen unter Kristina.mit.k.mail@gmail.com.

Lieselotte Lehnig *117*

Geb. 1942, aufgewachsen in Werdohl im Sauerland, Studium für das Lehramt an Volksschulen in Bonn und Studium der Sonderpädagogik (Förderschwerpunkt Sprache) in Köln, bis 2007 im Schuldienst, daneben aktiv mit Musik (Geige, Saxophon) und Sport. – Veröffentlichungen im deutschen lyrik verlag (dlv): PFLÜCKE MIR TRÄUME VOM BAUM DES AMOR, GEDICHTE (2019); IN JENER NACHT, LIEBESGEDICHTE (2021). – Im Karin Fischer Verlag erschienen unter dem Titel KABUL MON AMOUR ihr Erzählbericht zur Korrespondenz mit einem Love Scammer (2020); ADAM ODER DIE VERTREIBUNG AUS DEM PARADIES (BRIEFE EINES INSASSEN ODER 'KNASTGEDANKEN' UND DIE SUCHE NACH SINN; 2020); das Reisetagebuch WIENER SCHMÄH (2021); HALLO LIEBE UNBEKANNTE – ODER ABENTEUER IM ANNONCENWALD (2022) und zuletzt ihr Erinnerungsband DAMALS – 1942, ALS MIT DER GEBURT MEINE VERGANGENHEIT BEGANN (2023) sowie zahlreiche Veröffentlichungen in der Anthologie LYRIK UND PROSA UNSERER ZEIT des Karin Fischer Verlags.

Daniel Mann *124*

Geb. 1956 als drittes von sechs Kindern eines evangelischen Pfarrers und seiner Ehefrau, einer Krankenschwester, in Simmern im Hunsrück geboren. Er verbrachte die ersten fünfeinhalb Jahre in dem kleinen Dorf Laufersweiler im Hunsrück, danach zog die Familie nach Duisburg. Er lebte und arbeitete als Sozialarbeiter im Ruhrgebiet. 1992 erkrankte er an Schizophrenie, in deren Folge er vier paranoide Psychosen durchlitt mit anschließenden langanhaltenden, schweren Depressionen. Er versuchte dreimal sich das Leben zu nehmen. Heute lebt er im Kreise seiner Familie im Hunsrück.

Marianne Odok *130*

Geb. 1951 in Wettingen, Schweiz. Übersetzerin D-F-E, passionierte Künstlerin und Haiku-Dichterin. Lebt in der Nähe von Zürich. Mehrere Jahre Expat-Leben in Japan. Publikationen in Badener Neujahrsblätter (Ausgaben 2005; 2007; 2010) – hier + jetzt (Verlag für Kultur und Geschichte GmbH, Baden) – historisch belegter Prosatext in Fenster in die Vergangenheit/Genealogie als Inspiration und Teilnahme GHGZ Ahnenlisten, Bd. 2, 2012 (Genealogisch-Heraldische Gesellschaft Zürich). – Teilnahme an der Anthologie Lyrik und Prosa unserer Zeit, Neue Folge, Bde. 32–34 des Karin Fischer Verlags. – Website: https://www.marianneodok.com.

Manfred Pitterna *139*

Geb. 1954 in Wien, schreibt seit 1969 Dialoge, Prosa und Gedichte. Seine Theaterstücke wurden von 1989 bis 1994 und 2013 aufgeführt. 2005 erschien sein Romanerstling … und Ehre sei dem Schöpfer, Beteiligung an Anthologien 2002 und 2004. – Seit 2019 erscheint seine Science-Fiction-Reihe »Marschzorch III« in der edition korund des Karin Fischer Verlags. Bisher erschienen zehn Bände des Weltraumabenteuers, weitere sind in Planung.

Friedrich Rentschler *150*

Geb. 1951 in einem Schwarzwalddorf, gelernter Industriekaufmann; Zivildienst in Stuttgart; Buchhaltertätigkeit; über vierzig Jahre leitende Tätigkeit in Alten- und Pflegeheimen. Mit Rentenbeginn Umzug; ehrenamtliches Engagement im Asylbereich und in einem Gehörlosenverein. – Bisherige Buchveröffentlichungen im deutschen lyrik verlag (dlv): Es bleibt keine Zeit. Gedichte (2020); Gespräche mit Gott. Gebete und Lieder (2021), Es ist Krieg. Gedichte (2022) und zuletzt Von mir zu dir. Verse der Liebe (2024). – Im Karin Fischer Verlag erschien Ende 2021: Auf nach Berlin!/1200 km im Ruderboot; sowie 2022: Leben in einer anderen Zeit. Kindertage zwischen 1951 und 1966. Teilnahme an der Anthologie Lyrik und Prosa unserer Zeit, Neue Folge Bde. 30–36 des Karin Fischer Verlags.

Hermann Rodenhausen *158*

Geb. in Laubach. Studien der Mathematik, Psychologie, Physik und Musik in Heidelberg, Madison (Wisconsin, USA) und Berlin. Lehr- und Forschungstätigkeiten an den Universitäten Heidelberg, Köln und Wuppertal. – 2009 erschien in der »edition anthrazit« des deutschen lyrik verlags (dlv) sein Gedichtband LICHT UND RAUM; im Sommer 2023 folgte WELTINNENBILDER. GEDICHTE im freien Programm des deutschen lyrik verlags. – Weitere Publikationen des Autors: ONTISCHE EPIGRAMME (Essen), MODULBASIERTE GRUPPENIMPROVISATIONEN (Bochum). Teilnahme an der Anthologie LYRIK UND PROSA UNSERER ZEIT, Neue Folge Bde. 35 u. 36 des Karin Fischer Verlags

Gerlinde Roth *170*

Geb. 1954 in Siebenbürgen (Rumänien), Studium der Germanistik und Anglistik in Klausenburg und Düsseldorf, Promotion über den »Undine-Mythos«, Tätigkeiten als journalistische Mitarbeiterin, Übersetzerin und in der universitären Frauenforschung.
Veröffentlichungen: HYDROPSIE DES IMAGINÄREN. MYTHOS UNDINE (1996), die Lyrikbände MESSINGWÄLDER (1998), MELANCHOLIE UND HELIOTROP (2014), HÄRESIE DER IRIS (2020), TRÜGERISCHE IDYLLE (2021), NACHT WIE AMETHYST sowie zuletzt LUFTWURZELN (2025) in der »edition anthrazit« des deutschen lyrik verlags (dlv).

C. D. Schmidt *176*

Bisherige Veröffentlichungen im Karin Fischer Verlag: INTERVIEW MIT GOTT (2024), gemeinsam mit der Ehefrau des Autors, Mariele Schmidt, sowie LEBEN NACH GOTTES WILLEN (2025).

Marion Schwarz *182*

Geb. 1952 in Zwickau, lebt seit 1994 in Sachsen, in einem kleinen Ort am Ufer der Zwickauer Mulde. Remse, ein Dorf zwischen Glauchau und Waldenburg, in einem ehemaligen Bauernhaus inmitten von Wiesen, Feldern und Wald, also Natur pur. Die Autorin ist Rentnerin, hat sich jedoch wieder Arbeit gesucht und hilft in einer Einrichtung »Betreutes Wohnen« stundenweise aus. Dies macht ihr sehr viel Spaß – der Kontakt zu älteren Menschen und Hilfe geben zu können, ist eine schöne Aufgabe. In ihrer übrigen Zeit kümmert die Autorin sich um ihren großen Garten, der ihr auch immer Inspiration zum Schreiben bietet. Hier kann sie die Natur ganz nah erleben; ob Frühling, Sommer, Herbst oder Winter, jede Jahreszeit hat ihren Reiz, was sich in einigen ihrer Gedichte wiederfindet. – Bisherige Veröffentlichungen im deutschen lyrik verlag (dlv): DER WEG ÜBER DIE LIEBE ZUM GLÜCK. GEDICHTE (2024).

Alice Stern *209*

Geb. 1954 in Wernigerode; Beruf.: exam. Erzieherin – verheiratet, zwei erwachsene Kinder und drei Enkelkinder. Die Autorin war als Erzieherin im Kindergarten und Kinderheim, später als Altentherapeutin im Seniorenheim, überwiegend für Demenzerkrankte, in der Betreuung tätig. Schon seit ihrer Schulzeit gehörte das Schreiben von Gedichten, Geschichten und Märchen zu ihren Hobbys. Erst jetzt hat sie sich entschlossen, ihre Texte zu veröffentlichen und sich selbst ihren größten Traum von einem eigenen Buch zu erfüllen. Bereits vor längerer Zeit veröffentlichte sie zudem zwei Lieder für Freunde auf einer LP. Ein Gedicht der Autorin befindet sich in einem umfangreichen Gedichtband NATIONALBIBLIOTHEK DES DEUTSCHSPRACHIGEN GEDICHTES, AUSGEWÄHLTE WERKE III in München (2000). – In der Blauen Bibliothek des Karin Fischer Verlags erschien unter dem Titel DER ZAUBER DER VERWUNSCHENEN PRINZESSIN (2024) zuletzt ihr Märchenband mit zahlreichen Illustrationen.

Rudolf Welter *213*

Geb. 1935 im schweizerischen Wetzikon. Grundschulen, Dachdekkerlehre, Kunstgewerbeschule, Studium der Architektur, Städtebau und Umweltpsychologie an der University of Michigan (USA), Doktorat an der Eidgenössischen Technischen Hochschule Zürich. Bücher und Fachartikel zur kommunalen Alterspolitik, literarische Werke im Eigenverlag. Der Autor lebt und schreibt in Männedorf am Zürichsee. – Bisherige Veröffentlichungen im Karin Fischer Verlag: LEER GUT GESCHICHTEN (2012); KALTE PORTRAITS. EINE SAMMLUNG (2014); KLEINSTADT OHNE NAMEN. EINE CHRONIK (2015); LITERARISCHE KOPFGEBURTEN (2016); ABSEITS. ERZÄHLUNG (2017); SPUREN (2019); IM FLUSS DES GESCHEHENS (2021), VOM ÖFFNEN UND SCHLIESSEN VON ÖFFNUNGEN (2023). Zuletzt erschien FRAGMENTE. EINE SAMMLUNG (2024).

Zygmunt Wielowiejski *217*

Geb. 1963 in Breslau. In Liegnitz zunächst Studium der Pädagogik, dann unterbrochen. 1989 Übersiedlung nach Deutschland. Seitdem lebt der Autor im niedersächsischen Vechta. Unter anderem Ausbildung als Drucker, bis vor Kurzem Tätigkeit als ebensolcher. Fotohistoriker und Sachbuchautor, in diesem Bereich mehrere Veröffentlichungen in deutscher und polnischer Sprache. – Anfang 2023 erschien sein Gedichtband MANCHMAL BIN ICH EIN MENSCH im deutschen lyrik verlag (dlv), im April 2023 folgte ZEITDEMENZ (Frankfurt am Main). 2024 erschienen SICH MEHRENDE LEBEN sowie zuletzt SPRACH KARAOKE im deutschen lyrik verlag (dlv).

Tina Zett *223*

Geb. 1963 in Düsseldorf. Studium und Berufstätigkeit als Naturwissenschaftlerin. Gedichte und Kurzgeschichten sind Begleiter seit Jugendtagen. Die hier vorgestellt Auswahl thematisiert Verletzungen in der Partnerschaft.

Milica Zivotic *230*

Geb. 1995 in Pozarevac. Vor 15 Jahren wanderte die Autorin mit ihrer Familie aus Serbien nach Österreich aus. Ihr erstes Gedicht schrieb sie im Alter von zehn Jahren in ihrer Muttersprache. Bereits mit 13 Jahren hatte sie eine eigene Gedichtsammlung, welche niemals veröffentlicht wurde und mittlerweile nur noch in ihrem Gedächtnis lebt. – Nachdem die Autorin nach Österreich kam, nahm sie an dem Redewettbewerb »Sag's Multi« teil, der ihr die Gelegenheit gab, sich zum ersten Mal vor einem Publikum sowohl in deutscher als auch in serbischer Sprache auszudrücken. 2019 schloss sie ein Studium der Betriebswirtschaftslehre an der Wirtschaftsuniversität Wien ab und arbeitet derzeit als SAP-Beraterin in einem IT-Unternehmen in der Hauptstadt Österreichs. Gleichzeitig absolviert sie ein Masterstudium der Betriebswirtschaftslehre an der Universität Wien.

Besuchen Sie uns im Internet:

www.karin-fischer-verlag.de
und www.deutscher-lyrik-verlag.de

Rechtschreibung und Zeichensetzung
entsprechend den alten und den neuen Regeln,
je nach Wunsch und Manuskriptvorlage der Autoren.

*Bibliografische Information
der Deutschen Nationalbibliothek*

Die Deutsche Nationalbibliothek verzeichnet
diese Publikation in der Deutschen Nationalbibliografie;
detaillierte bibliografische Daten sind im Internet über
http:||dnb.d-nb.de abrufbar.

1. Auflage 2025

Wilhelm-Grasmehr-Straße 6–8, 52078 Aachen
info@karin-fischer-verlag.de

Gesamtgestaltung: mo-rom

Druck und Bindung: Beltz Grafische Betriebe GmbH

ISBN 978-3-8422-0045-6